英雄時代

席慕蓉

獻給一個不可磨滅又難以超越的
英雄時代

《蒙古秘史》中的時空美感

很榮幸也很惶恐參與這場盛會，因此，必須先做些解釋。

第一：我不能閱讀蒙文。雖然我父母的家族都屬於察哈爾部八旗群，但是由於戰亂，我出生在外地，後來又在臺灣定居，失去了學習自己民族語文的機會。因此，我最早接觸的是札奇斯欽教授的漢譯本，是臺灣聯經公司在一九七八年左右出版的《蒙古秘史——新譯並注釋》。我在最近這七、八年來寫出的「英雄敘事詩」都是根據這個漢譯版本，這次將其中兩首置於文後以供參考，分別是〈英雄哲別〉和〈鎖兒罕．失剌〉兩篇。

第二：由於我自身專業是繪畫，平日喜歡寫詩，所以閱讀《蒙古秘史》的角度只是個普通讀者以個人

所受的觸動來決定。非常片面，非常粗淺，其中的謬誤之處，還請各位學者專家見諒和指正。

由於時間有限，在此我只能簡略說明，只能舉出很少的幾個例子來表達我在《蒙古秘史》中所感受到的「時空美感」。

（一）那夜月光明亮

語出秘史卷三第一一〇節。年輕的鐵木眞得到王罕與札木合的幫助，以四萬人的兵馬出其不意地攻克了蔑兒乞惕部落之時，在驚慌逃走四散的百姓當中尋找自己妻子的下落。秘史上說鐵木眞騎著馬在人群中大聲呼喊：「孛兒帖！孛兒帖！」孛兒帖聽見了，就從車上跑下來迎上前去，雖然是在夜裡，也遠遠就認出鐵木眞坐騎的韁轡，就上前抓住了……

然後，就出現了這一句。「那夜月光明亮。」

因爲月光明亮，所以孛兒帖和她的年老的女僕豁阿黑臣可以從遠處就辨認出鐵木眞的坐騎。因爲月光

明亮，所以鐵木眞在孛兒帖奔到馬前的時候可以一眼就認出她來，才能驚喜下馬，把失而復得的愛妻緊緊地擁入懷中……

在這裡，「失而復得」的狂喜和幸福感是這一節文字的核心。而「那夜月光明亮」作為旁白，當然是歷史上的眞實描述，卻更是文學上的精采亮點，讓八百多年之前的時空場景在瞬間完完整整地全部呈現在讀者眼前，歷歷如繪，又充滿了詩意。

當然，當年的戰爭，如果是在夜間突襲，就必定要選擇一個月光明亮的夜晚才可以發動，否則無星無月，戰果難卜。

不過，在此章節裡，或許執筆者（也可以說是在那個時代裡聚在簧火旁互相傳遞著的轉述者）心中隱藏著另一層的善意，他（或者他們）想要暗示的就是：

在這一個晚上，鐵木眞和孛兒帖兩人所享有的「失而復得」的幸福，是來自騰格里長生天的護佑，「明亮的月光」就是這奇蹟的見證。

（二）一件青色的毛衫

鐵木真自己所交的第一個朋友，應該就是孛斡兒出（也譯作「博爾朮」）了。他們初初相見的那年，鐵木真大概有十四歲了，孛斡兒出不過是十三歲。

在秘史卷二第九五節裡，鐵木真已經和孛兒帖成親，送親前來的岳母也已經回去了。鐵木真就叫別勒古臺去通知孛斡兒出，可以同來作伴了。

這次，和一年多前初次遇到鐵木真，想要與他同行，幫他把被偷的八匹馬趕回來的那種急切的心情一樣，孛斡兒出還是連家都不回，沒去向父親稟告一聲就走了。

秘史上說：「就騎上一匹拱脊的甘草黃馬，在馬鞍上綑上一件青色毛衫，和別勒古臺一同來了。他前來做伴的經過如此。」

原本有些平淡的敘述，卻忽然出現了一個特別吸引人的細節。

急著要出發，甚至連家都不回的孛斡兒出，卻

還記得多帶一件青色的毛衫，我覺得作者在這裡另有含意。一方面可以說是他心中的急切，一方面卻可突出他的年少。孛斡兒出是個在優渥的環境裡長大的孩子，在當時也不過是個十五歲左右的少年，不知人生憂患。或許是清晨出門工作時，母親給了他一件防寒的外衣，他就把這件毛衫當作遠行的配備了。最有意思的是這一節裡的最後一句：

「他前來做伴的經過如此。」

是的，在這樣的背景之前，一件綑在馬鞍上的青色毛衫可說是微乎其微的物件，為什麼要提它呢？但是，這一小塊的色彩，奔馳在曠野上時閃爍著的這一小點的青色，卻讓磅礴浩瀚的大歷史在瞬間都重新活了起來，讓所有的讀者都對那個少年孛斡兒出懷著一種溫柔疼惜的感覺，彷彿更能貼近他當時那種急切和熱烈的心懷。

（三）哲別的告白

　　秘史卷四第一四七節，是成吉思可汗與在戰場上將他射傷的敵方射手只兒豁阿歹兩人的對話，非常精采。最後，可汗更因為對方的坦誠相告而感動，不但原諒了只兒豁阿歹，並且決定將他提升為在自己跟前行走的親軍，還給他改了名字叫做「者別」（哲別）。

　　哲別，其義為「箭鏃」，而在二〇〇七年與二〇〇九年，我曾兩次去拜謁在鄂爾多斯烏審旗的哲別將軍的「阿拉格蘇力德」。當時引領我的朋友查嘎黎（漢名奇景江）先生為我解釋，「哲別」之名的真義應該譯作是：「一支勇往直前的離弦之箭。」

　　哲別在可汗面前的告白確實感動人，在札奇斯欽教授的譯文中是如此：

　　「是我從山上射的。如今可汗若要教（我）死，不過是使手掌那麼大的（一塊）土地染汙。若被恩宥啊，願在可汗面前橫渡深水，衝碎堅石。在叫（我）

前去的地方，願把青色的磐石給（你）衝碎！在叫我（進攻的）地方，願把黑色的礐石給（你）衝碎！」

秘史卷四第一四七節全部的內容就是可汗質問，哲別告白與可汗激賞這三段對話，但是絕對是在眾人之前進行的。這「眾人」可以是穹帳內的全部將領，或許也更可能是包括了穹帳之外的許多兵丁，尤其可汗的第二段說話，有極強烈的「昭告全軍」之意。

除了表示可汗的寬宏大度，也有「英雄惜英雄」的深意。除了是可汗對哲別的珍惜，更是哲別決定前來投奔的主要原因：

「這才是值得為他效忠的真正領袖。」

在那個大時代裡，英雄與英雄之間的肝膽相照，何其動人！何其美好！

是《蒙古秘史》中許多章節裡的強烈的時空美感，讓我忍不住想寫下自己的觸動。譬如在〈英雄哲別〉這首敘事詩裡，有一段我是這樣揣想的：

「史冊裡記錄了這一場盛會

卻沒有描述　在聆聽聖旨的瞬間

英雄哲別所流下的熱淚

可汗　可汗是完全明白我的啊

他知道我並非貪生怕死之輩

並非示弱也並非投降

更非爲了什麼名聲的考量

我來　只爲了投奔一位眞正的領袖

誓願將我的一生　都呈獻給他

以不負上天賜我的勇猛軀體

這大好的黃金年華……」

　　《蒙古秘史》是一本深奧的大書，我自知無法全
部了解。可是書中有許多許多的段落，那文字中顯露
的時空美感，對我是一種強烈的誘惑。所以，這幾年
來，我嘗試去寫一系列的敘事詩，以《英雄組曲》爲
名，我寫了〈英雄哲別〉〈鎖兒罕·失刺〉〈英雄博
爾尤〉，正在進行中的是〈英雄木華黎〉，這幾首敘
事詩，有的在兩百行左右，有的超過千行。

由於時間關係，我的報告必須在此結束，感謝各位，敬請指教。

——以上為二〇一七年十一月應邀參加中國北京中央民族大學舉辦
第二屆蒙古文文獻國際學術研討會的發言

目次

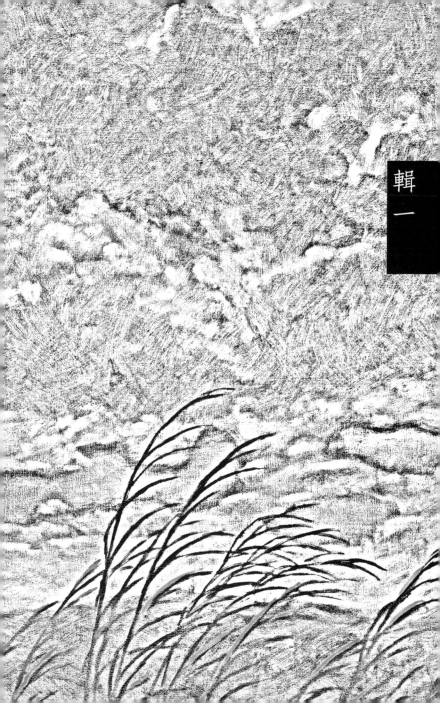

輯一

鎖兒罕・失剌

——所謂歷史的必然，
其實是源起於無數的偶然

你自己並不知道

鎖兒罕・失剌

其實　任誰也無從知曉

一個人一生的身分轉變

有時　僅僅就在那一動念之間

好像原本只是處身在暗黑的觀眾席裡

忽然有投射燈光左右交叉而至

光柱末端　聚焦於你

那是過去與未來

同時在向你注目　並且歡呼

齊聲邀請你走向舞臺

來爲就在眼前深垂著的帷幕之後

那即將要隆重推出的
歷史新劇　剪綵

最起初　應該只是
源於一種不忍與同情
甚至還帶著幾分憤懣不平
可惜那幼嫩的還像青青柳條一樣的
少年鐵木眞啊　難以脫身
不過只是個十二、三歲的孩子
跟著母親過活　他誰也沒招惹
怎麼就被這群泰亦赤兀傷人
視作眼中釘　早幾年
這些人拋棄了他們母子在先
如今　又非要把他擄捉過來不說
還要給他套上沉重的枷鎖
可憐這像雛鷹一樣翅膀還沒長全的
少年鐵木眞啊　遭此不幸
所以　那一夜

當有人在氈帳外喧鬧　拍門呼叫
他們嚷著說　快出來幫忙尋找
鐵木眞逃了　鐵木眞跑了
你一時心裡還眞是頗爲歡喜的吧
其實　大家都有點醉了
筵席散後　剛剛才回家睡下
而你　你根本不想去找到他

無奈　緩緩披衣而起走出帳外
那夜月光明亮　四野恍如白晝
是四月十六的紅圓光日
紅日未落　滿月已在中天
日月交輝　佳節難逢
照例在斡難河岸上擺好了筵席
本就該當一醉　此刻
卻只見一群帶著醉意的泰亦赤兀惕人
腳步踉蹌　大呼小叫
正聚在河岸邊的樹林裡挨排尋找

唉　無奈啊無奈
你並不想與他們爲伍
你　速勒都孫氏的鎖兒罕‧失剌
也是個堂堂的男子漢
雖爲衣食所困　攜家帶子投奔於此
不過　在這件事情上要自己作主
下定決心　不與他們同流合汙

所以　那一夜
你才賭氣轉過身來
往那最遠最暗　最不可能的角落走去
只因那是與眾人相反的方向吧
鎖兒罕‧失剌
只因你　你根本不想要找到他
於是　在深暗的林子裡
你就恰好與鐵木眞的目光相遇

何等勇猛又聰慧的少年

整個身子浸在水裡緊貼在河邊

一任木枷順水沖流

河岸上雜草叢生雜樹陰翳　若不是

樹梢風動灑下幾片碎裂的銀白月光

你不可能看見他的臉龐露出在水面之上

少年雙眸晶亮　如劍鋒上的冷冽光芒

與你對視　毫不畏怯也不顯慌張

你打心裡疼惜這孩子

想他和自己的兒女是差不多的年紀

怎麼就陷入如此凶險的境遇

於是　你假裝往前繼續邁步

卻把自己心裡的同情　輕聲向他說出

「正因為你這樣有才智，

目中有火，臉上有光，

才被你泰亦赤兀惕兄弟們那般嫉恨。

你就那麼躺著，我不告發！」

就這樣　你第一次經過了他

在蒙古國肯特省斡難河邊，揣想當年。

——慕蓉　攝於二○○六年七月

無人能夠再對你強求

鎖兒罕‧失剌

你已經對這少年伸出過援手

可是　當你聽見河岸那頭有人在發令

叫大家再繼續搜尋　你就明白

自己已經不可能置身事外

唉　無奈啊無奈

你只好提議　不如讓各人按原路回去

重新再仔細尋找一遍

或許　有些地方剛才沒能看見

大家都聽從了你的說法

於是　又一次你經過了他

不得不再輕聲提醒

「你的兄弟們咬牙切齒的來了！

還那麼躺下！要小心！」

說完就快步離開　無奈啊無奈

第三次　當他們還不肯罷休

鎖兒罕·失剌　你只好大聲懇求

「你們泰亦赤兀惕官人們啊！

白天把人逃掉了，

如今黑夜，我們怎麼找得著呢？

還是按原來的路跡，

去看未曾看過的地方回去搜索之後

解散，咱們明天再聚集尋找吧。

那個帶枷的人還能到哪兒去呢？」

史書上幾次細細記下你的話語

想必也是在讚嘆著你的勇氣

那夜月光特別明亮　清輝瀉地光影分明

是他們醉得厲害　還是你特別清醒

或是有長生天的護佑　月光下

讓你的身影添了威儀語調又極為動聽

每個人都任你擺布　轉身重回舊路

你因此而第三次經過了他　對他說

「等我們都散了以後，

找你母親和弟弟們去吧！

如果遇見人，你可不要說見過我，

也別說曾被人看見過。」

鎖兒罕‧失剌　在回家的路上

你對自己還算滿意吧

真不知道是從何處借來的膽子

呵呵　你在心中暗笑

還敢去指揮那些官人們哪

也罷　也罷

也算是盡了力了

希望那少年可以平安離去

回到家來　並不敢對孩子們細說

雖然沉白和赤老溫這兩兄弟還不錯

前幾日　鐵木真輪宿到家裡來的時候

夜裡　你看見他們想讓鐵木真安睡

竟偷偷鬆開了他身上的枷鎖

也真是自己的好孩子啊　有正義之心

懂得對弱者關懷　可是
作父親的也只能佯裝翻身把視線挪開
唉　無奈啊無奈
如果多加鼓勵　只恐怕
終有一日會把災難之神請進門裡
鎖兒罕・失剌
就像是此刻　你也有些後怕
若是被人察覺豈不就禍延全家
思來想去　難以入眠
索性起身開始日常的工作
拌攪那永遠拌攪不完的酸馬奶子
讓自己的心情慢慢穩定
帳外應該是星漸沉月已落
霧濃霜滑　接近拂曉的時刻

猛然間　虛掩的門被推開
有個黑影一閃身進入
待得看清

鎖兒罕‧失剌啊　你不禁膽戰心驚

衝口而出的是

「我沒說過找你母親和弟弟們去嗎？

你幹什麼來了？」

是的　站在你眼前的是少年鐵木眞

帶著枷　帶著濕淋淋的衣裳

還有懇求的目光

唉　災難之神原來是這般模樣

現在　不請自來

無論是收留或是把他趕走

恐怕都會有把柄落入他人之手

唉　無奈啊無奈

怪不得老人總說善門難開

你正在暗自驚疑

卻發現沉白和赤老溫已經迎上前去

卸了鐵木眞的枷　丟在火中燒了

還回過頭來對你說

「鳥兒被鷂子趕到草叢裡，

草叢還要救牠。
現在對來到我們這裡的人，
你怎麼那樣說呢？」
兩兄弟一邊責問著父親
一邊又合力把鐵木真攙扶到帳外
讓他坐進放滿了羊毛的車裡躲藏
把妹妹合答安叫過來照管
吩咐她要謹守秘密　誰都別講

東方的天幕已轉成彤紅
鎖兒罕‧失剌　此刻的你
正有千種疑慮和驚懼擰絞在心中
遠處　泰亦赤兀惕人已逐漸聚集
住得稍近的鄰人們　正吆喝著
相約著來互相搜查
眼看他們越走越近
你只好強恃鎮定前去相迎
總不能　總不能讓孩子們把自己看輕

為人臣僕　小小的氈房之內
也只有拌攪馬奶的工具和器物
來搜查的鄰人卻格外仔細
連櫃子裡到床底下都已翻遍
又來到後面裝羊毛的車子旁邊
有人跳上去開始把羊毛往外拖出
你眼角看到合答安好像就要失聲驚呼
只好上前　佯裝有趣
陪著鄰人一起探頭望向車裡　又說
「在這麼熱的時候，
躲在羊毛裡怎麼能受得了！」
想是長生天再來護佑
那搜查的人竟應聲跳下　笑著走開
你望著他的背影
才聽見自己的心跳如擂鼓般又急又快
牽起了合答安的小手
感覺到她柔軟的身體也在微微顫抖
沉白和赤老溫卻像沒事人一樣

肯特省成吉思可汗出生地附近的斡難河河灣。
——攝於二〇〇六年七月

已經跨上馬　跟著隊伍

跑去鄰家搜查　一邊哼唱著歌謠

一邊還轉過頭來向他們的父親微笑

到了夜裡

對著已經整裝待發的鐵木真

鎖兒罕・失剌

你不得不向這少年說出心裡的話

「你差一點弄得我像風吹灰散般的毀掉了！

現在找你母親和弟弟們去吧！」

你給他準備了一匹白口甘草黃色的牝馬

又給他煮了一隻特別肥壯的羊羔

把奶食和酸奶子也都裝好

沒給他馬鞍和火鐮　上馬之前

又給了一張弓兩支箭

於是再等到星沉月落　等到露水泛白

等到天空和草原模糊成一片的

拂曉之前　才讓他悄悄上馬

合答安早已入睡
沉白和赤老溫站在你身旁
一起祝願他此去前路上再無風險
平安回到親人的身邊

目送著那一人一騎靜靜地轉過河灣
行到更遠處　少年在馬上起身揮手
好像是向你們道謝　也更像是道別
然後才放快了速度　疾馳而去
此刻　你心裡想著的是
幸好救了這少年一條性命
也算是一場難得的相遇
日後要再相見恐怕並不容易
鎖兒罕‧失剌
你自己並不知道
其實　任誰也無從知曉
你的出手相救　原屬偶然
只是因為激發出的同情和勇敢

讓你助他躲過這一場劫難

誰能夠料想到　再相見時

你竟要歡喜地稱他爲

我們的可汗

看哪　鎖兒罕・失剌

此刻還是少年鐵木眞離開的這個清晨

遼闊的天穹已轉成飽滿的彤紅

一輪朝陽　帶著無比的光彩和熱力

正在逐漸上昇

而你　也已經掀開了深垂著的帷幕

在無垠的大地舞臺之上

一個龐偉的帝國　即將登場

那無比的光彩和熱力

任誰也難以匹敵　無從想像

——二〇一一・三・六

1 全詩中的對話，皆引自札奇斯欽所著的《蒙古秘史新譯並注釋》（聯經版）。

二〇二〇‧十‧五補注：

當年，少年鐵木眞被同族的泰亦赤兀惕人所捕捉，淪爲帶木枷的囚徒之時，異族的鎖兒罕‧失剌卻激於義憤，出手拯救了這個無辜的孩子，還他以自由。臨別時只囑咐他：「要小心，去找你母親和弟弟們吧。」在這個成年人心中，是全無要一個孤苦無依的少年來還報的想法的。

是一直要等到一二〇一年夏天那場激烈的闊亦田之戰結束之後，作爲戰敗的一方，他才伴著神射手卓日嘎岱前來投誠。我覺得他眞正是想保護這位年輕的神射手，替他壯膽的。沒想到可汗見到鎖兒罕‧失剌的第一句話竟是：「恩人，您爲什麼這麼晚才來啊！」

是的，鐵木眞當年被囚之時，頂多不過是十二、三歲的年齡吧，而闊亦田之戰時，可汗已是三十九歲，成爲蒙古本部的可汗也有好幾年了。

因此，爲了感謝這位大恩人，可汗封他爲「荅兒罕」，直譯是「自在汗」，也就是「自由自在的王公」之意。享有許多特權，犯罪九次不罰、免除勞役賦稅、圍獵之後的獵獲可以先行隨意拿取，戰利品也是，有聚會時坐尊貴的位置等等。還可以自行挑選營地，大家都要尊敬他。而且這封號是世襲，子子孫孫都可享用。

當年幫助他得回自由，如今可汗想回報給恩人千種百種的自由吧。

而曾經對他那樣同情的沉白和赤老溫，自後都成為真正的兄弟，親密的同袍戰友。還有，還有，當年那小小的妹妹合答安呢？在闊亦田之戰後，驚慌奔逃的敵方百姓之中，有個穿著紅衣的婦人，站在丘陵高處大聲呼叫著：「鐵木真啊！」可汗聽見了，叫兵士去探問，原來正是合答安在呼求可汗名字，求他去救自己被囚的丈夫。

可汗於是騎馬小跑去與她相見。可惜遲了，在那之前，合答安的丈夫已經被殺了。據札奇斯欽教授在卷四第一四六節的注釋中說：「元史后妃表，太祖第四斡耳朵之哈答皇后，也許就是這裡所說的合答安。」「斡耳朵」即是「鄂爾多」，也就是「宮帳」的音譯。我多希望，在第四個宮帳裡生活的皇后，就是我們的合答安啊！

英雄哲別

（？——一二二四）

是的　我們並不能確知他生於何年
卻深深銘記他何時辭世
我們現在幾乎不提他原來的姓氏
卻永遠記得　可汗給他取的名字

哲別　直譯為鏃
作為勇士之名卻含有深意
其義即為　一支
勇往直前的離弦之箭

眾說紛紜　都已成為歷史
可信或不可信　難以釐清
卻都強調

那是一支勇往直前的離弦之箭
所幸　稍稍偏離了中心

稍稍偏離了中心　擦過可汗脖頸
雖然也使脈管裂開血流如注
卻未傷及性命

眾說紛紜　難以釐清
我們何不重回現場　來到當年
那是一二〇一年的夏天
十三世紀初啓　在北方的大草原上
札木合聯軍與我們的可汗對峙
戰於以寒冷著稱的曠野　闊亦田

兩軍相接　敵方先行札荅之術
在陣前求薩滿招致風雨以欺我隊伍
不料　呼求的風雨既至
濃雲慘霧　卻全都逆向而行

狂暴的風雨反而襲擊了敵方自身
驚慌中　兵士難以走脫紛紛橫倒溝壑
這是天意　這是天意啊
在羞慚的哭號聲中他們潰散而去

可汗乘勝追擊　尋到斡難河畔
與宿敵泰亦赤兀惕的部眾正面相遇
就是在廝殺的當下　那一支箭
從遠遠的山丘上射出
可汗一抬眼　箭鏃已擦過他的頸邊

慌亂中　幸好紅日已匆匆下墜
天色轉暗　眼前難分敵我
只好各自退後紮營　等待明日再戰

在帳中　可汗昏睡到半夜
急忙止血的　是自幼跟隨可汗
忠心耿耿　著急到不顧一切的者勒篾

待到快要黎明　可汗已經清醒
暗自在心中回想　那一支箭射來時的光景
多麼遙遠的距離啊　射手的膂力驚人
迷惑的目光卻藏匿在弓弦之後
恍如困獸　彷彿是在向可汗祈求
請原諒啊　如此的陰錯陽差
今日初見你的英姿　讓我滿心欽羨
你才是我想要跟從的領袖
天意爲何竟讓我來與你爲敵
但既已成敵我　就不得不盡責
箭已在弦上　不能不發
只願能得到你的寬恕　也爲表達敬意
我會將中心稍稍往外偏移

眾說紛紜　才成其爲歷史
可信或不可信的
凡人如我輩　其實難以釐清
唯有英雄與英雄之間

才一交手　便有相惜之心
知道在千萬人之中　也難再尋得
如此的氣度與才略啊　如此的品格

拂曉之時　對面的敵軍早已在夜間拔營
四散的餘眾消失在茫茫曠野
可喜的是　再隔一日　年少時的恩人
曾爲泰亦赤兀惕氏脫朵格家人的
鎖兒罕・失剌前來投奔
與他同行的　還另有一員敵方敗將
泰亦赤兀惕首領塔里呼岱的家臣
伯速特部的神射手　卓日嘎岱

年少時的救命恩人今日前來團聚
可汗當然滿心歡喜　更爲愉悅的
卻爲那英雄的失而復得　看哪
此刻坦然無懼站立在鎖兒罕・失剌身邊的
不就是他　不就是那日在暮色中

大蒙古國八百年慶典。

可汗銅像揭幕儀式之前,察干蘇力德進場。

——攝於二〇〇六年七月十日　烏蘭巴托

遠遠向他祈求寬恕的神射手嗎

英雄與英雄之間　儘管已心照不宣
可汗還是得在部眾之間把佳話傳遍
於是現出肅殺之顏　環顧左右
再開始厲聲相詢　說
那日　在闊亦田互相對峙廝殺之時
是何人從山嶺上射來一支強勁的箭
把我那匹披甲的白鬃黃驃馬的鎖子骨射斷
是何人　如此大膽

帳中眾人驚疑靜默　不敢稍有動作
只聽見遠處曠野上風聲忽強忽弱
唯有一人從容出列　站定再行禮
是年輕的射手卓日嘎岱
在可汗的面前
說出了這一段傳諸史冊的千古名言

可汗　那人是我

是我遠遠從山嶺上射出的那一箭

如今可汗若是要令我死去　沾汙的

不過是眼前如巴掌大小那樣的一塊土地

若是能被恩宥啊　我的可汗

願在你大軍之前作最勇猛的先鋒

願在可汗面前橫渡深水　衝碎堅石

在命我前去之處

誓願將青色的磐石為你粉碎

在命我進攻之地

誓願把黑色的礐石為你搗毀

雖不能生而為你的臣僕

我的可汗哪　但願此後能為你效力

請容我將功折罪　終生追隨

可汗聞言　心中震動

這不就是多年求之不得的真英雄

於是喜悅地降下了聖旨

向全軍宣告

凡是曾經對敵的
都會因懼怕而諱其所為
此人卻不加隱諱　向我坦誠相告
如此高貴的品格　願與他為友伴
他原名是卓日嘎岱　因為那一箭
將我那披甲的白鬃黃驃馬的鎖子骨射斷
就以此給他另起一名　叫做哲別
正如同那一支勇往直前的離弦之箭
讓他從今而後披起鎧甲　用此新名
永遠在我跟前行走

聖旨既降下　眾人紛紛稱慶
都說可汗英明
傳出帳外之後　全軍更是歡聲雷動
有人開始呼喚那可汗新賜的名
四野跟從　一呼百應

哲別　哲別　神乎其技的射手
天下難求　哲別　哲別
我們的英雄　你誓願追隨可汗
我們也誓願追隨你　在建國的長路上
永遠作可汗的先鋒

史冊裡記錄了這一場盛會
卻沒有描述　在聆聽聖旨的瞬間
英雄哲別所流下的熱淚
可汗　可汗是完全明白我的啊
他知道我並非貪生怕死之輩
並非示弱也並非投降
更非爲了什麼名聲的考量
我來　只爲了投奔一位眞正的領袖
誓願將我的一生　都呈獻給他
以不負這上天賜我的勇猛軀體
這大好的黃金年華

果眞是堅守其志的哲別

除了對可汗這一次肝膽相照的表白

此後英雄的一生都沉默寡言

然而他耿直忠勇

即使成爲大將軍　封萬戶

也總是身先士卒　作永遠的前鋒

大小的征戰不計其數

到了一二〇六年

大蒙古帝國建立之時　身爲開國九鼎之一

他依然奉旨出征　追襲乃蠻的屈出律汗

直把他趕到撒里黑山崖而滅亡

其後又數度伐金　從不辱使命

一二一九年　可汗爲復仇西征花刺子模

命哲別爲第一先鋒　他謹遵預定的策略

與隨後的速不臺　都著有戰功

此次可汗親征　花刺子模蘇丹畏戰

倉皇遁走　棄新都撒麻爾干於不顧

可汗遂派哲別與速不臺　率軍追趕

蘇丹喪志　堂堂一國之君竟避入裡海

蝸居於小島之上　不戰而病亡

一二二三年　可汗凱旋回朝

哲別與速不臺的大軍卻再銜命往征波斯

越太和嶺　攻入欽察

擊潰斡羅思諸小國王公及欽察汗的聯軍

轉攻今稱伏爾加河上的不里阿耳

眾蕞爾小國　原不堪一擊

然而要橫越高加索　繞行裡海

千萬里披星戴月的征途之外

還要遇水架橋　逢山開路

測探他人的軍情　體恤自己的兵丁

更要勸慰思鄉的將士　讓他們暫且釋懷

而自己心上的重擔　又有誰能明白

一二二四年　諸邦平定

史上首見的浩大西征在此暫告結束

凱旋大軍終於得以東返蒙古

可惜啊可嘆　我們的
英雄哲別
卻歿於歸程的　中途

雄偉的大山也會被深雪鎖埋
可惜啊可嘆
我們的身體終於被歲月壓彎
誰來拂去戰袍上的雪花
你看　在不遠的前方等待著的
不就是　我們夢裡的家

難捨這別離　天地也沉寂
靜聽全軍以悲歌致意
鞍馬之上　再不見將軍的身影
唯有他的戰旗還在晴空下飄揚
高舉在隊伍的前方　一如往常

直到今日　這飄揚著的大纛猶在人間

一代又一代的伯速特部子孫虔誠供奉
他們說　這就是英雄哲別的遺言
族人尊其為忠勇無比戰無不勝的
阿拉格蘇力德
其纓為海騮馬的蒼蒼鬃毛
其旗杆為九尺九寸高的松柏之木
每逢十三年的寅年到來
就為大纛外表作全新的修護
再舉行慎重莊嚴的威猛大祭
激發阿拉格蘇力德內裡精神的昂揚奮起
族人深信　大將軍的英靈已得永生
在長生天的護佑之下
與他的阿拉格蘇力德共存

這不也是今日的我們所祈求的信仰
祈求英雄哲別能來到我們的心上
引領每一個猶疑的靈魂　不畏艱困
努力從眾說紛紜的歷史迷霧中脫身

重新去尋找自己的位置
自己的方向

重新去
思索　自己的眞相

——二〇一一·二·十九

英雄孔溫・窟哇

只是如電光石火般一閃而過的　瞬間
怎麼一切都已清楚呈現
如此明晰　如此周詳
是窮盡我們一世　也難以完善的籌謀和思量

是啊　當此一刻　捨我其誰？

我　扎剌亦兒氏的帖列格圖・伯顏的兒子
孔溫・窟哇
今日遇見了上蒼早已屬意的揀選
是如此明白清楚的　昭告
在其他的五個伙伴還在驚駭中面面相覷之時

我因此已經站上了這個位置
是用一生來迎接的答案啊
是的　當此一刻　捨我其誰！

2.

眼前還有些許的時間
木華黎我兒　雖然已經不能當面向你說清
相信你可以明白為父此刻的決定
還記得嗎？　那年夏天
當我們剛剛離開了老家
我帶著你和你的幼弟布合[1]長途跋涉
為了投奔英雄鐵木真
三個人加上七匹馬　一路南下

還記得嗎？　那年夏天　午時特別炎熱
小布合不堪勞累　有時候會哭鬧想家
你總是想方設法地　或是安撫

或是　鼓勵他

記得嗎？　當時你特意問我的那句話

那時候　已近傍晚　涼風習習

我們已在宿營的小山丘下歇息

吃飽喝足了的小布合坐在毛氈上左右張望

你忽然問我　你說

「一個人，可以為他敬愛的英雄

犧牲到什麼程度？

告訴我們吧，阿爸。」

我正起身要為自己倒一杯熱奶茶

一邊想著要如何好好地回答

沒料到是小布合突然跳了起來

搶著說話

「我知道！我知道！

見到了英雄，

我們阿爸要把自己最寶貝的那匹馬，

那匹黑鬃子白馬送給他！」

還記得嗎？

那時　我們兩人都大笑了起來

是啊是啊　你們五個兄弟都知道

我是如何疼惜這匹善體人意的騙馬

從牠小時就仔細調教

之後不但成為最合意的坐騎

還成了老家草原上馳名的杆子馬₂

是啊　小布合說得有理

在他看來　父親如果把這匹良駒獻給英雄

那犧牲不可說不大

木華黎我兒啊

是誰說的　十一或者十二歲以前的孩子

心思潔淨　可以替上天傳話

那年的小布合有十二歲了吧

我和你在當時卻渾然不知天機已啓

是的　有誰能預知天意呢……

3.

究竟是在哪裡出了差錯
怎麼會　突然發現我們就只剩幾個人了
孤零零地置身於狹窄的山徑上
和我方的中路大軍　失去了聯絡

連剛才下馬回身察看的可汗在內
這小小的隊伍　只有七人七馬
還被追趕得　又累　又餓　又渴
山丘下方　敵軍乃蠻的叫囂聲遠遠傳來
想必他們此刻也還沒理出頭緒
還在那河灘與曠野上蹄痕紊亂之處
揣測著我們的方向和蹤跡

也罷　且先來試著在此低凹處埋鍋起火

諱孔溫得札剌獨氏蒙古部人係元太祖有功。

始祖憲章

妻闊闊真氏進封曹國夫人子三一子無傳。

忠武
于帶孫

元太祖起兵沙漠王以才勇從征乃顏諸部蒙
僅七騎走道飢王於水涯縛二歲駝炙肉以獻一
馬疲不能行王曰事急矣即以己所乘馬請帝
敢步戰遂遇害聖英宗朝追錄開國死事諸勳
軀殉忠効特贈推忠効節保大佐運功臣太師開
王諡忠宣惟第三子忠武著名世為元之勳臣冠

一九三四年依據一四四一年李氏家譜重修的洛陽李氏家譜。
（新修的《洛陽蒙古族李氏家譜》已於二〇〇五年出版。）
——攝於二〇〇九年六月四日　英雄木華黎祭祀地

烹煮些能找到的食物果腹

不然這軟弱的雙腿如何還能上路……

4.

雖說爲父的我

對你們五個兄弟　並沒有特別地偏袒誰

平日努力要做到公正和公平

但是　只想把你帶到可汗的帳下

不就是有了私心

蒼天明鑒　這私心不是爲我

甚至也不全是爲了你

而是　事出有因　有種難以說清的美好憧憬

木華黎我兒啊　五個孩子　你居第三

可是　只有你的來臨曾經是那樣慎重

你的額吉3和我此刻不能預見那明日的恢宏

只能揣想應該是為了參與和完成一件大事
你才會降生在我們的家中

你額吉分娩那日
我們請託了一位伊都干在旁照料
我等待在穹廬之外
直到聽見了響亮的嬰啼
伊都干才將門稍稍打開　招手讓我進去
然後又即刻將木門緊閉
木華黎我兒啊　你可知道　那時
我彷彿進入一處雲霧瀰漫的靜穆幻境

是的　是靜穆的水氣浸潤著光影迷離
雖然耳邊有你響亮的哭啼之聲
也看到你額吉疲憊又欣慰的神情
甚至還注意到你額頭上豐盈又虯曲的黑髮
可是　在所有的影像和聲響之間
在整座穹廬之內

盤旋迴繞　無終無始　無邊無際的
是一層又一層　一絲又一縷
如雲又似霧　安靜無聲
彼此牽引著緩緩流動的白色半透明的水氣

是從來無從見過的景象
奇怪的是我心在當下卻是不憂也不懼
我和你額吉彷彿同時都感受到一種溫暖和平安
兩人相視微笑　默然不語
一直等到那水氣逐漸消散隱去之後
才彷彿又重新回到了眼間的人世間
聽見那位伊都干正對著我們輕聲囑咐

「這可不是尋常的孩子啊！要好好照顧。」5

5.

茶已煮沸　卻不及飲用

更遑論充飢的駝肉
在山前放哨的隊友急速回報
山下的敵軍乃蠻已集結成三組
有一隊正走向我們這方　準備一探虛實
幸好山凹處無風　趕緊將灶火滅了
大家轉去雜樹林邊尋馬　卻愕然發現
可汗的坐騎　平日奔馳如追風的黑駿馬
恐怕今次是跑炸了肺　早已倒斃在地

面臨困境　卻只有我幡然覺醒
頓時全身血脈奔湧　直如山河撼動
原來就是此時此地啊
我　扎剌亦兒氏的帖列格圖‧伯顏的兒子
孔溫‧窟哇　遇見了上蒼的揀選
因此　才能夠
在其他的五個人還在驚駭中面面相覷之時
我已經占據了可汗身邊的那個位置
以從來不曾出現過的威嚴聲勢對他說話

「不得遲疑！主上！快牽我的坐騎！」
再以全身從未曾擁有過的勇壯蠻力
迅速將可汗推逼上了馬鞍
同時厲聲下令　全體即刻出發　不許回頭
這裡由我負責留守

五位壯士果然是多年同袍
深知我的用心
久經征戰　不作兒女之態
頓時護衛著可汗　俯身策馬六騎往前方疾走
一直到煙塵遠去　四野蒼茫
他們之中　沒有一個人違令回頭……

於是　用一生來等待的這個位置
終於專屬於我了
奔湧全身的熱血已漸漸平息　再一次
從山丘高處環顧那周邊無垠的曠野
我不憂不懼　也悠然無悔

在戈壁之上依然堅持生長的獨棵大樹，
受牧民尊敬，視爲母親樹。
——攝於二○○七年九月　阿拉善盟北部

再一次感謝上蒼的揀選

是啊　　當此一刻　　捨我其誰。

6.

敵人即將進入射程之內了

所剩的時間已經不多

木華黎我兒啊　　我相信　　父子一場

我心中所有的願望和抱負

其實也早已深植在你的生命裡

去告訴你的兄弟們吧　　不要為我悲傷

這是天賜的使命　　你們當以我為榮

是的　　誰能預知天意呢

為父的我　　也就僅僅是在剛才

在前一刻那如電光石火般閃過的瞬間

才讓我明白　　木華黎我兒啊

原來　　答案就在此時此地　　全無更改

幾年之前那個夏日傍晚的記憶歷歷重現
原來　面對著自己深深敬愛的英雄
小布合說的一點也不錯
我的犧牲　只不過是向他送上一匹馬而已

可是　真正的關鍵在於
我　能不能當機立斷　知道這是天意
眼前的一切細節因而　必須
必須完全符合那個夏日傍晚的記憶
木華黎我兒啊　你可相信
事證俱在　一切全無虛假

在我帶來的三匹坐騎之中
今天清晨　輪到要和我一起上陣出發
正是小布合那天指明的
黑鬃子白馬……是的　恰恰就是牠

7.

敵人已經進入射程之內了
我不再多言

木華黎我兒　去告訴你的兄弟們
是天命早有昭示　是上蒼給的這個位置
在山丘高處
斜倚著一棵虯枝糾結又粗壯高大的老榆樹
我開始張滿我的弓
敵人已經進入射程之內了

而在我射出最後一支箭的時候　我知道
你們兄弟五人　當永世以我爲榮

8.

敵人的隊伍　終於攀上這山丘高處

朔風此時停息　大地無邊靜寂
柔白的雲朵布滿在寶藍色的晴空之上
光影燦然　宛如一幅特意繪就的輝煌布景
爲英雄送行

遠遠望見猶在那棵老榆樹下挺立不倒的戰士
乃蠻的神射手們詫然下馬
等到逐漸靜立成一列　看得更眞切之時
彷彿心意相通
遂紛紛放下了他們手上的　長弓……

──二○二○‧七‧三○稿成　於臺灣北海岸

1　布合此名，在札奇斯欽所著的《蒙古秘史新譯並注釋》書中，漢文譯音是「不合」。由於此二字在漢文中有極爲明確的指涉，作爲人名，反而容易引起困擾。所以我將「不」改爲「布」，其音與原蒙文名的「Bukha」無差。

2　杆子馬是牧馬人要套馬時特選的坐騎。因爲牠完全能明白主人的心意，即刻就知道主人想要套取的目標是哪一匹馬。

3　額吉即是母親。

4　伊都干即是女薩滿。在蒙古高原上，最古老的信仰是孛教（也稱博教，但如今都從學者之說，稱爲薩滿教了）。「伊都干」一詞的來源是「伊圖干」，即「大地」，也就是蒙古人所尊崇的「地母」。（至於男性的薩滿則稱「孛額」）。

5　以上敘述，見《元史》一百一十九，列傳卷第六。

英雄木華黎

（一一七〇——一二二三）

序曲

那時天色已近暮　浮雲散去　光影躊躇
遠處山腳下　有幾騎人馬的身影逐漸靠近
應該就是他們了吧？
上馬急奔向前去迎接的你　心中無限歡欣

回來了啊！終於平安回來了啊！

是的　你已遠遠就認出了父親的坐騎
從牠幼時就和你廝混長大的好馬兒啊
黑鬃子白馬　那可不就是牠

錯愕間　疼痛突然襲來
怎麼會是你的身體比你的意識要更早知道
更早明白　疼痛突然襲來
如此劇烈如此狂暴
是狂雷閃電從穹蒼之上直直劈向你的肉身
是猛火巨燄包圍著焚燒著你的靈魂

怎麼會是這樣
原來肉身的直覺來自亙古
是早於一切的　警告
只是　遲了遲了　在猝不及防的瞬間
你已經陷入了生命的真相　木華黎啊
人子突然失去了父親的痛　原來是痛斷肝腸

終於　你只能停駐在逐漸暗去的夕暮裡
周圍所有的聲音和景象都已淡去　消失
茫茫天地之間
只剩下騎在黑鬃白馬鞍上的可汗

在巨大的悲傷之中
和你面對面　互相凝視……

木華黎啊木華黎　你可知道
你們兩人之間共有的這巨大的悲傷
至今仍完完整整的　留存在蒙古高原山川之上
構築了一處　八百年來為歷史留言的現場

是何等的高度　是何等無私的託付
你們共有的建國理想　和彼此全然的信賴
原來是要經過那樣悲傷的肝膽相照啊
才能　完完整整的構築了
一個不可磨滅又難以超越的　英雄時代

1.

初見可汗那年　木華黎
你應該是二十六、七歲左右吧

不過　在黃金般的養成年華裡
你雖沉穩　卻也已有了自己的傲氣
可是　父親卻說出了這樣的話語

「我教他們做你門限裡的奴隸；
若敢繞過你的門限啊，
就挑斷他們的腳筋！

我教他們做你梯己的奴隸；
若敢離開你的大門啊，
就剜出他們的心肝！」[1]

雖然早就知道是要讓你拜見可汗
請他收留　可是
父親的語氣需要如此謙卑低下嗎
無論如何　我和幼弟也是好人家裡出來的孩子
需要這樣貶低我們嗎

木華黎　你心裡雖然明白

父親這是爲了表達心聲　盡禮數

可是　作爲拜謁者的你

不免有些不服　甚至慍怒

卻沒料到起身之時　一抬眼

形諸於色的不悅眼神　就被可汗接住

那是第一次　你們面對面　互相凝視

木華黎啊木華黎

面對著你的　是何等溫暖何等眞摯的目光

帶著歡欣　顯示著贊賞

好像他已經知道了你的一切優點　所有專長

而爲了表達他對你的了解

可汗的唇邊還微微帶著妥協的笑意

是無聲的勸告　放下　放下

長輩總喜歡這樣誇張地說話

來吧　歡迎你　這樣出色的好男兒啊

歡迎來做我的兄弟

可汗在那年應該有三十六歲了
八年之前　他即了大位
成了蒙古本部的可汗　卻又要歷經爭戰
此刻的他　也才剛從征伐主兒乞部的戰場上
轉過身來　要將敗戰的敵人重新安排
精神上應該還有著些許的疲憊和焦躁
卻絲毫無損他的昂藏氣宇
和那光采煥發的威儀

木華黎啊木華黎
原來父親的謙卑來自深心的感佩
人生一世
何幸能遇見一位真正的領袖　真正的英雄

是的　眼前的可汗離你很近
可是你完全可以感覺得到

他將要帶你奔赴的世界　在前方　在心中
將遼遠開闊到難以形容
於是　那一刻　那一日
年輕的你　凝聚心神面向可汗
重新再一次鄭重行禮　同時暗暗對自己立誓

英雄的世界何其寬廣　我願一生追隨
無論可汗命我走向何方

2.

被推舉為蒙古本部可汗的那一年
是一一八九　可汗剛剛滿了二十八歲
木華黎　你是在一一九七年投入他的麾下
那時　追隨的壯士日漸踴躍
都是為了那美好的理想　奔赴前來
個個青春奮發　頭角崢嶸
木華黎　在多次的征戰之後

你與博爾朮　博爾忽　赤老溫三人
以絕對的忠誠和勇猛的戰力　並稱四傑

在建國之前的十幾年長路上
你的善射　已經進入史冊
你的赤誠　也幾經傳述₂
尤其是天降大雪　與中軍失聯的那一夜

那夜　失去了牙帳
你和博爾朮　兩人高舉著身邊僅有的一件氈裘
將它儘量撐開
為倦極已睡臥在草澤中的可汗
擋住風雪　好讓他不受侵擾能夠入眠
史書上說你們二人「達旦竟不移足」
木華黎啊木華黎
在那樣的漫漫長夜裡　你是否曾不止一次的
想起慈愛的父親　和他對你的一再託付

「木華黎我兒啊
你的額吉和我不能預見那明日的恢宏
但是在美好的憧憬實現的那一刻
你一定要相信
我和你額吉也正歡喜地端坐在你的心中」

是的　木華黎　父親不止一次地說過
人生一世　好男兒
何幸能遇見一位真正的領袖
你的責任　就是要竭盡所能地護衛他
聽從他　為他效力　為他分憂

一陣狂風襲來　挾帶著密集的雪片
你和對面的博爾朮　不約而同地抓緊了氈裘
幸好沒有驚醒可汗
兩人在慶幸中互相示意　交換了靜默的微笑
是如兄弟般的溫暖情誼啊
是的　木華黎

你和博爾朮　都擁有溫暖的童年

父母疼愛　衣食無憂

而你們此刻一心一意護衛著的可汗

早早就失去了父親

還遭受同族人的忌恨追殺　歷經艱險

卻更能磨鍊自己的心志

如今以英雄的氣勢橫空出世　光芒乍露

得人愛戴　受人景仰　人心紛紛歸附

而你　木華黎

在這個風雪之夜　你竟然就在他的身邊護衛

讓他可以安睡

是盡了臣子對可汗的耿耿忠心　可是

同時在胸懷裡　不也充滿了

彷彿是對自己兄長那樣的　無限疼惜的深情

在這瞬間　木華黎啊木華黎

你是否有些許自豪的發現

原來　你已經置身在一個親如兄弟的團隊裡

正在向那美好的憧憬一步步地走去……

3.

成功的道路　有天助　也有人助

譬如在那稍早的闊亦田之戰₃的時候
明明是敵方懂得用「札答」石的法術₄
他們呼喚風雨來襲擊我軍
想不到　陣前交鋒之際　天昏地暗
狂暴的風雨竟然是對準他們的大軍逆襲
多少敵軍倒臥在溝壑之中　陷於絕境
因為泥濘難行　他們的部隊也無法前進
只能羞愧地號啕

「是我們激怒上天了！」

是的　是天助可汗　使敵軍潰散四野奔逃

木華黎啊木華黎

你當時也在戰陣之中　馳馬追擊

會不會極為詫異

眼看自己上方的天色已轉成明亮的蔚藍

但是　怎麼還有些極黑極濃的塊狀雨雲

遍布在前方依舊昏暗的天空之上

其下　正是無數敵人亂軍狼狽前行的曠野

這樣的景象　應是終生難忘

又譬如　民心向背　此時已極為明顯

就像那年輕的牧馬人巴歹[5]

無意間聽到平日雇他放馬的領主也客‧扯連

竟然與其他部族的人合謀要在明日殺害鐵木真

他趕緊來找一起放馬的伙伴乞失里黑商議

乞失里黑先去領主家默默觀察

果然見到領主的兒子納鄰‧克延正在磨箭鏃

還回頭吩咐乞失里黑　趕緊去給他備馬

說是夜裡要早早出發

那麼一切已經極為緊急了

兩個年輕的牧馬人雖不是乞顏部的子民
卻對英雄鐵木眞早早有了仰慕之心
心裡盼著要趕緊去向鐵木眞報信
但也知道　此刻必須不動聲色　力持鎮定
於是　先從馬群裡把主人指名的駿馬套住
這兩匹馬的名字也已進入史書
一匹是白馬　一匹是白嘴的棗騮馬 6
都是正當青春　勇猛壯健的良駒

在新月的微光之下　兩人靜靜地做著一切準備
靜得可以聽見自己按捺不住的心跳
終於　在無人察覺的時刻
他們悄悄騎上這兩匹鞍轡已齊的快馬
飛馳趕到可汗的宿營地　報上名後
那赤膽忠心的直白　使可汗感動
於是　迅速地脫離了這迫在眉睫的危機

木華黎　日後回想
已是身經百戰的你　必定也會同意
在這條建國的長路上　多少有形或無形的力量
都一直一直陪伴在　你們的身旁

即使仍要經過那麼多次慘烈戰役
王者之師　終究獲得了最後的勝利

4.

一二〇六年　綏服了所有居住氈帳的百姓
在斡難河源頭　舉行了忽里勒臺大會
立起了九腳白旄纛　奉可汗為全蒙古之大汗
尊號成吉思可汗　是年為成吉思可汗元年
大蒙古國成立　疆域廣大無邊
東起合剌溫——止敦山₇
西至阿爾泰山　南達陰山
北連廣袤的貝加爾湖及其周邊

其上所有居民自此都以身爲蒙古人爲榮
美好的憧憬終於實現　並且無比恢宏

可汗這日身居寶座之上　大封功臣
史書上記錄　授千戶那顏者有九十五人
木華黎啊木華黎
在這一日　可汗呼人召你和博爾朮首先晉見
封你以左翼的萬戶
做以大興安嶺爲屏蔽的萬戶長
並且當眾稱頌你們二人的功勞和勳業
以及　在這條長路上對他是如何的重要
是「……我與汝猶車之有轅，身之有臂也。」[8]

但是　所有的這些贊嘆感激和獎賞都比不上
比不上你們君臣二人在之後的互相凝視
以及可汗對你說的話裡所含的　深意

「我們在豁兒豁納里──主不兒枝葉繁茂的大

樹下，

忽禿剌汗歡躍的地方住下的時候，

因為上天指示給你木華黎的言語和示啟，

我想起你父親孔溫·窟哇，

就在那裡和你木華黎深談

因此我才坐在大位之上……」[9]

在這段言語裡　在君臣彼此的凝視之中

有著旁人難以察覺的深沉的疼痛

原是上天給你們兩人共有的啟示啊

是的　一切只能勉力而為之

任世間後人如何去評論吧

木華黎啊木華黎　你與可汗已經明白

當年那無比巨大的悲傷並沒有消失

它是一體的兩面　緊密相連

在這萬眾歡騰的光明時刻裡

重新前來　同時存在

5.

君臣也可以是一體

一二一七年　可汗正在征金的戰役之中
聽聞乃蠻餘黨古出魯克與花刺子模勾結
篡西遼君主大位　並企圖回歸乃蠻故土[10]
於是　木華黎
可汗從遼西將你召回　決定將征金的重任
交付於你　在土拉河畔的大營裡
當著三萬精兵　以平定遼西重定遼東之功
授予你太師國王封號
史書上記載了可汗對你的託付

「太行之北，朕自經略；
太行以南，卿其勉之。」[11]

同時　可汗再將他的旌旗轉交給你

是那威武光燦的察干蘇力德　九斿白旗
然後轉身面向所有的將領　可汗昭示

「木華黎建此旗以出號令，如朕親臨也。」[12]

請問　放諸天下
有哪一位君王會有這樣全然的信賴
又有哪一位臣子敢於擔當如此重任
絕不假意推辭　好為自己留條退路
再請環顧全軍將領
不都是欣然從命　更無一人心中不平

既非神話也不是傳說
當年　在蒙古高原之上
有多少無私無我的好男兒　胸襟開闊
氣慨豪邁　才可能構築成
一個如此坦坦蕩蕩的　英雄時代

木華黎啊木華黎

可汗與你　同時向這個世界證明了

君臣也可以同心合力　成為堅強的一體

6.

但是　那是要用盡你們二人　自己的一生

承接了隨可汗從一二一一年開始伐金的戰績

一二一七年的你　擔負了獨自號令全軍的重任

決定再接再厲

不讓金國的軍隊有喘息的時間

更不給他們任何反撲的機會

擬定了　以攻為守的作戰計畫[13]

於是　利用各種力量　攻勢一次比一次凌厲

將領們個個奮勇爭先

四弟帶孫　他也率兵在你的軍中

你的兒子孛魯也已長成為智勇兼備的將才

此刻正是你最得力的助手
也是可汗極欣賞的愛將

在幾十場大大小小的爭戰裡
你首先穩定山西　其次勘定河北
再次攻取眞定
最後趨軍陝西　占領鳳翔[14]
所有的戰役都是全面的勝利
敵方除閉城死守之外　已幾乎無反擊之力

金國的將領　確有許多城破後自殺以殉國的
但也有不戰而降　甚至率兵前來投誠的
也有被勸說之後棄械的
還有些　在彈盡糧絕之後
只能棄城出逃　再被追殺於路旁的……

可憐兵丁　兵敗之後
無名無姓　只有史書上記下的數字

這裡東平城外斬首七千級　延安城外再斬七千
那邊河中府外斬首近萬級
還有更多的人馬被捕殺　血流成河　悲風淒淒
卻另有當地土豪嚴實其人　他前時曾經降於宋
如今又來降於蒙
還率各州戶三十萬人來壯投誠聲勢
種種敗象已盡顯　可是
可是　就在此時
木華黎啊木華黎　你雖然還有雄心號令全軍
而你的身體卻再也不肯聽命於你了

從一二一七到一二二三年的春天
你主導的這一場攻金之戰
眼看即將要結束的時候
主帥卻不得不先退場了　是多麼的不甘心啊
最後的最後
雖然你還是率軍攻下了河西的好幾處土地
三月　渡過黃河再回到山西的聞喜縣

從祭祀地護送木華黎國王京肯蘇力德的隊伍，
在夕陽光照下，正往陝西榆林英雄的陵寢前行。
——攝於二〇〇九年六月　烏審旗

英雄終於病危　臥床不起

可汗已在一二一九年的夏天
率領二十三萬浩大聯軍出發西征花剌子模未歸
木華黎　你的遺言
是對著在身邊的四弟帶孫說的

「我爲國家助成大業，環甲執銳垂四十年，
東征西討，無復遺恨，第恨汴京未下耳！
汝其勉之。」[15]

一二二三年的春天
英雄木華黎離世長辭　時年五十四
果眞是用盡了自己整整的　一生一世。

7.

但是　或許上篇文字最後那一個句點下得太快

是的　我這個後世的執筆者常常犯錯
幸好知錯能改
在我們從遠古傳下至今的信仰裡
族人深信　英雄不會離開
永恆的魂魄將會與他的族人　他的蘇力德同在

是的　木華黎啊木華黎
英雄從來不曾真正遠離
既非神話也不是傳說　請看
還有多少位英雄豪傑　都出自你的後代
在他們的輝煌事蹟裡
我們總是會看到你的身影猶在

先說你的兒子孛魯　史書如何介紹他的出場
還不計他其後的功勳如何彪炳

「沈毅魁傑，寬厚愛人，通諸國語，
善騎射，年二十七入朝⋯⋯」16

再看你的孫子之中　　塔思　速渾察　霸突魯
個個都是英才大略忠勇爲國的豪傑
史書上是這樣稱讚速渾察的

「性嚴厲……聞帝嘗遣使至見其威容。
凜然倜儻，有奇氣。所部軍士紀綱整肅。
還朝以告帝曰：『眞木華黎家兒也！』」[17]

而他的弟弟霸突魯　　除了累立戰功之外
還有極深沉的智慧　　在必要時勸諫君王
忽必烈可汗有言[18]

「……世祖至開平即位還，定都于燕。
嘗曰：『朕居此以臨天下，霸突魯之力也。』」

再後　　霸突魯之子是名臣安童
安童之孫是拜住　　都是出將入相的英雄人物
綿延不絕的　　是何等顯赫的家族

或許　有人會說　這一切終必會有個盡頭的吧

是的　現實好像就是如此
中原大地上的元朝　興旺不到百年
當王朝覆滅　族人四散
那曾經的榮光　瞬間成為暗影　成為朝露
我們悲傷的可汗　妥歡帖睦爾泣別大都
北遷應昌府　在短短的一年之間
還曾發動過三次戰役　力圖反撲
次年駕崩　傳位給他的兒子
那年是一三七〇年　愛猷識理達臘繼可汗位
是為北元的開始　此後重回蒙古高原本部
展開為時兩百多年與明朝的戰爭　從未被征服
不過　那又是另一條漫漫長路了……

8.

戰敗之後　已經久久散居在中原的蒙古人

面臨全無出路的絕境　爲了求生　存活
不得不隱藏甚至摒棄自己昨日那光耀的出身

木華黎啊木華黎
即使是英雄的後代也只好摘除所有沉重的擔負
你的曾孫中有名臣安童　他的幼弟是鐵古而忠
鐵古而忠的孫子　人稱武德將軍咬兒
掌軍權於松江府　定居松江　元朝結束之後
是他的子孫　在亂世中開始改用漢姓爲李

在這個「李」姓裡
其實也藏著悲傷的隱喻　含木　含子
李者　木華黎之子孫也……
從明到清　再一直一直走到如今
悲傷延續不絕　卻在悠長的時日裡
由於始終的堅持　始終的沉默
怎麼卻演化而成爲難以置信的奇蹟

明朝時　有子孫遷至洛陽　成爲李氏河南始祖
後代綿延興盛　分處好幾個地方
至今已有五千人之眾
他們修家譜　自稱洛陽李氏族人
以孔溫・窟哇爲一世祖　源出蒙古札刺亦爾氏
至今已傳至三十世

先祖立有家規
孩子年幼時　只需知道自己並非漢族
要到成年　才會有長輩向他細說祖先的來處
然後依然要保持沉默　以免在亂世遭禍
可是　那是何等震撼的時刻啊
突然知曉了自己的身世
彷彿天搖地動　悲傷與喜悅同時在心中奔湧
八百年來的滄桑原來都屬自己血脈所獨有
要如何　如何在這一瞬之間　全部承受

從明到清　再一直一直走到如今

雖然在近世此時　一切已無顧慮
每當和洛陽李家營的友人互通訊息之時
我心中依然充滿了敬意　是何等悠長的堅持啊

或許　我們也可以借用史書上那位使者的口氣
在此對洛陽的五千蒙古族人由衷地讚嘆

「眞木華黎家兒也！」

後記

　　〈英雄木華黎〉敘事詩，到此或許可以暫告一段落。但是，族人對他的記憶和思念，從來不曾停止。八百年來，在蒙古高原之上，還有另外一種紀念方式，是那令現今的世人完全無法置信的忠誠，一直恭謹虔敬地延續到了今天。

　　不是神話，也非傳說。而是發自內心的深沉信仰，源自古遠的年代，再加上游牧民族本身重盟約的美德，因而讓一整個又一整個的部族，可以默默地成就了如此不可思議的奇蹟。

　　要感激的是遇見了亦師亦友的查嘎黎[19]，完全是因為有他的帶引和詮釋，我才得以接近這信仰的核心。

　　從二〇〇七年到二〇〇九年之間，他帶我去拜謁了在鄂爾多斯高原上至今仍存留著，並且還繼續供奉著的，許多位英雄的蘇力德。從大蒙古國開國元勳到之後北元時期的可汗，一直到四百多年之後準噶爾汗

國的英雄噶爾丹。一尊又一尊的英雄的蘇力德矗立在碧藍的天穹之下，每一尊都由當年英雄率領過的戰士部下來擔任護衛和祭祀的任務，是一整個的族群，各有職位、責任，都是世襲。八百年或者三百多年來，世代傳承，始終如一。

是難以置信的奇蹟。可是，也是千眞萬確的事實。我在這兩年時間裡的訪問記錄，文字和攝影都放在《寫給海日汗的21封信》[20]書中了。

在這裡，我只舉出在《英雄時代》這本書裡的幾位主角人物來簡單說明：

成吉思可汗的察干蘇力德和哈剌蘇力德是供奉在鄂爾多斯高原的伊金霍洛旗，由當年從四十萬青色蒙古的各部族中選出的達爾扈特[21]來共同擔當，也是各有分職的世襲制度。

而英雄哲別的阿拉格蘇力德[22]，是由伯速特部負責，祭祀地在鄂爾多斯的烏審旗圖克鎮梅林廟嘎查，阿爾查圖。木華黎國王的京肯蘇力德[23]由衛古爾津部承擔，祭祀地在烏審旗烏蘭陶勒蓋鎮呼勒慶柴達木，

而清代的準噶爾汗國的可汗，英雄噶爾丹的哈剌蘇力德，則是由圖斯陶特然哈然負責。祭祀地在烏審旗烏審召察干蘇密。

其實，我早在一九九三年夏天，第一次去烏審旗的時候，就匆匆經過了呼勒慶柴達木，拜謁過英雄木華黎的蘇力德了，但是，竟然是要到了十六年之後，才能真正參加了一次祭典，向英雄致敬。

那天是二〇〇九年陰曆五月十三日，這個祭典，正是一年裡的日供、四季拜、年祭等等許多儀式之中，比較重要的一次。

清晨，當晨曦照在祭臺上，還帶著淺淺的玫瑰色光的時候，我們這一群朋友，就雙手捧著天藍色的哈達，跪在乾乾淨淨，剛剛才舖在沙地上的紅色氈毯上面了。尼瑪大哥從北京過來，阿拉騰其其格從阿拉善盟的額濟納旗趕來，那仁巴圖也是。而我和素英則是從更遠的臺灣飛來；認識多年的好友因著查嘎黎的幫助，此刻竟然可以一齊跪在英雄木華黎的蘇力德之前，是多麼奇妙的緣分啊！我心中無限溫暖，不禁深

深叩首，向英雄致敬和致謝……

然後，還在這次的祭典中，遇見了從洛陽李家營特地前來祭祖的英雄木華黎的子孫們。他們的這一團有四十多位，真是聲勢浩大。是其中的一位李孝斌老師與我交談，我才第一次知道了英雄的一個家族如何在元朝覆滅之後，含悲忍淚活了下來的經過。

並且，李老師還告訴我，在之後這七百年的時間裡，他們並不知道，在高原故土之上，竟然還有衛古爾津部仍在忠心耿耿地護持著英雄的蘇力德。是直到二○○四年，內蒙古電視臺拍攝了一部記錄片「國王的旗幟」，播出的時候，洛陽李家營並無人知曉。只有一個人，卻是李營村第二十五世的李緒林醫師，因為在內蒙古巴彥淖爾市工作，是他打開電視的時候剛好看見了，真是震撼啊！

於是，在急切的訪尋和會面之後，天涯各一方的人間奇蹟終於相遇了。從二○○五年開始，年年的陰曆五月十三日，河南省洛陽市木華黎後代李氏家族尋親訪祖代表團就都前來祭拜了。並且人數一年比一年

多，還在祭祀地上立碑為記，一面刻著蒙文，一面刻著漢文。

那天，我看見有好幾個小學生年齡的孩子也在其中。他們現在心中再無陰影，從幼小的時候就清清楚楚的知道了自己的來處，是多麼幸福的孩子，是多麼多麼幸福的孩子啊！

二○○五年新修的《洛陽蒙古族李氏家譜》前言中的那句話，有多深的感慨！白髮蒼蒼，二十五世的李佑勳先生寫下：

這就是我們家族，從西元十一世紀北方草原的札剌爾氏，到今日中原古都李氏的千年歷史……

千年的身世，要靠著子孫的記憶，永誌不忘。

——二○二○・十・三敬寫於臺灣北海岸

1　見《蒙古秘史》卷四，第一三七節。

2　見《元史》一百一十九，列傳卷第六，木華黎。

3　「闊亦田」意爲「寒涼」。寒帶人竟說此處「寒涼」，必是
　　極冷了。此地在蒙古國肯特省東南，奎屯河一帶。「奎屯」
　　和「闊亦田」是蒙文同一字，只是譯音的漢字不同寫法而
　　已。

4　見《蒙古秘史》卷四，第一四三節。薩滿教裡，確有以「札
　　答」石（jada）來行使呼喚風雨的法術。札奇斯欽教授注
　　曰：「……其法大致爲將若干經過咒鍊的小石塊置於水中，
　　施行法術，使該地之龍王（loos）降風雨；但其術因人因地
　　而異。」

5　巴歹與乞失里黑這兩個年輕的牧馬人，激於義憤，暗地出
　　走，騎上給領主備好的馬匹去向可汗報訊息的這件事，在
　　《蒙古秘史》卷五，第一六九節。原來寫得就很有臨場感，
　　戲劇效果極強，很動人。
　　　而在最早的卷一，第五十一節，他們兩人的名字就出現
　　了，極爲簡單的身分介紹，但暗藏著伏筆。之後，在卷
　　七，第一八七節，可汗戰勝了想暗殺他的敵人之後，先將
　　功勳歸於這兩個牧馬人。不止賜他們兩人許多戰利品，包
　　括財物和人員，還賜他們二人以「荅兒罕」的封號，可傳
　　子子孫孫。而到了一二〇六年，建立大蒙古國的慶典上，
　　在任命千户那顏的九十五位功勳人物裡，也有他們兩人。
　　同時，典禮上，可汗還特別重申一次：「再恩賜鎖兒罕‧
　　失剌、巴歹、乞失里黑，你們這『荅兒罕』們，再增加你

們的權利。剿捕眾敵，如得財物，可隨得隨取；如圍獵野獸，可隨殺隨拿……叫你們佩帶弓箭，飲宴時喝盞，封為荅兒罕，享受快樂！」札奇斯欽教授注釋「荅兒罕」即「自由自在的王公」之意。他們三位荅兒罕，都不是以戰功得封。而是冒著生命危險，在原本是「事不關己」的狀態裡，激於義憤，挺身而出地拯救可汗於危難之中。所以可汗給他們的封號有深意，更有深深的感激。

6 蒙古牧馬人給馬駒取名，是以牠的毛色、能力或者性格為基本，所以，「白嘴的棗騮馬」就是這匹馬的名字。牠的全身是棗紅色，可以叫棗紅馬。但是有「騮」字在，就知道牠的鬃毛和尾巴都是黑色。而嘴部有白色，則是牠與眾不同之處了。當然，也有馬的名字是「機靈的棗紅馬」或者「善跑的海騮馬」等等。「海騮馬」全身是白色，而鬃毛與尾巴是黑色。是的，孔溫·窟哇那匹杆子馬可能是海騮馬，但如果尾巴毛色不是黑色，就只能叫牠黑鬃子白馬了。

7 合剌溫──止敦山，即大興安嶺。

8 見《元史》木華黎傳。

9 《蒙古秘史》卷八，第二〇六節。

10 見《蒙古族全史─軍事卷（上）》胡泊主編，內蒙古大學出版社二〇一三年十一月初版。

11 見《元史》木華黎傳。

12 同上。

13 見《蒙古族全史──軍事卷（上）》。

14 同上。

15 見《元史》木華黎，頁八。

16 同上，頁八。

17 同上，頁十三。

18 同上，頁十五。

19 查嘎黎的名字是宇爾只斤・查嘎。（漢名奇景江）。「查嘎黎」是朋友之間比較親近後的稱呼。他是黃金家族嫡傳，對蒙古歷史文化有極深刻的研究和心得。對推動保全蘇力德文化也有貢獻，著有關於烏審旗蘇力德研究的專書。可惜英年早逝，在二〇一〇年八月十一日突然病逝。

驚聞靈耗之時，是八月十四日，我人已在鄂爾多斯的阿爾寨石窟了。準備兩天之後與他在烏審旗相會。從那仁巴圖手機裡傳來的卻是這樣的消息。那時接近正午，晴空一碧如洗，我在阿爾寨石窟頂端的伊金霍洛旁肅立，心中默默誦念，是亦師亦友的引導者啊！一直到今天，我都在深深地想念他和感謝他。

我也一直記得，他曾在曠野中，站在金紫灰紅的霞光裡，站在一大片茫茫無邊際的芨芨草叢生的草灘上，回身對我說的那一句話：「蒙古文化的載體是人，只要人在，文化就在。」

20 《寫給海日汗的21封信》。臺灣圓神出版社的版本是二〇一三年九月初版。大陸北京的作家出版社簡體字版本是二〇一五年六月初版。

21 達爾扈特的注釋，請參看本書輯二鍾察海公主的注釋（7）及（10）

22 一般的哈剌蘇力德（黑纛），纓穗是以黑馬的鬃毛或棗騮馬的黑色鬃毛束成。但是，哲別將軍的黑纛纓穗，卻是以海騮

馬的黑鬃毛束成。查嘎黎告訴我，海騮馬是黑鬃、黑尾，馬身卻是純白。因此，黑鬃之中不可避免地摻雜了一些白毛，有點像是人類老了之後，黑髮中隱現白髮的蒼然之感，所以他的譯法是「蒼纓蘇力德」，「阿拉格」一詞原意有「花白」之意，也是指的「華髮」。

23 「京肯」一詞，意思是「真正的」。是因民間給木華黎的封號是「京肯巴特魯」，意謂「真英雄」。是表達對他的愛戴和頌揚。因此，英雄的蘇力德就名為「京肯蘇力德」了。

附注：

現在要補充的是，在成吉思可汗御前的勇猛將領，除了「四傑」博爾朮、木華黎、博爾忽、赤老溫之外，還有「四大將軍」，是忽必來、者勒篾、哲別、速不臺。

民間常常以他們八位大將和領袖成吉思可汗，並稱為大蒙古國開國的九位元勳。

這裡面還有極為動人的深厚情誼在迴蕩。若不是篇幅限制，幾乎可以無窮無盡地追索下去，往日時空仍在與我們對話，從未離開……

請再容許我報告一個好消息：是在一二〇六年大蒙古國成立的大慶典之上，在可汗分封九十五個千戶那顏那長長的名單裡，給我找到了木華黎幼弟布合的名字了。感謝札奇斯欽教授列出的詳細考證，在布合的名字之下，加了一個稱呼「古列堅」，意思就是「駙馬」。原來，當年的小布合，長大之後娶了可汗的女兒，已經是駙馬爺了！

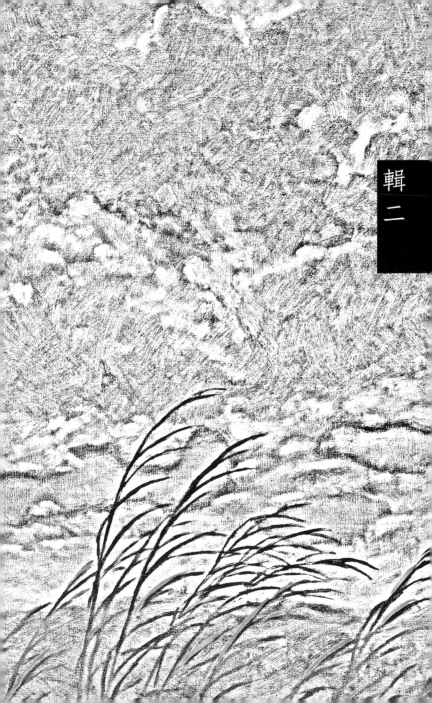

輯
二

英雄噶爾丹

（一六四四──一六九七）

折翼之鷹仍是鷹

蒼天高處　仍有不屈的雄心

我今來此虔誠跪拜

遙向　準噶爾汗國的

博碩克圖汗

我們的

英雄噶爾丹

紅日將墜

帶著塵沙的暮色更顯蒼茫

族人至今守護著的哈剌蘇力德

還矗立在大地之上

憤怒的黑纓在風中兀自飄揚

聽　厄魯特的遺民仍在四野呼喚
呼喚　我們的　我們的
英雄噶爾丹

聽啊　那三百年來不曾散去的呼喚
仍在四野　回望歷史的煙雲
命運的轉折是何等劇烈
道別的手勢　為什麼
次次都如此決絕

●

初時　變起倉卒皇兄被弒
憂汗國之將滅前路未明何人願與我同行
長年身在佛門的王子　含淚
捨棄了自幼修習的佛法慈悲
星夜裡　飛騎從拉薩奔回
奔向遙遠的國土

奔向那心之所在　血之所屬

往昔的悠然靜定　再不容回顧
從佛國的智者呼圖克圖
一夕之間
成爲準噶爾的大汗
年輕的噶爾丹登上汗位　起初
是爲了維持這美好的版圖
供奉汗父制定的察津‧必齊克
這傳世法典　期盼
再造一個團結興旺的衛拉特蒙古
並無意與任何他者衝突
卻不料　在窺伺者的心中
早已有了埋伏

種種的限制與禁止不斷來自清廷
縮小甚至封閉了貿易的道路
口岸與貨物越來越少

同時嚴厲取締鐵器的交易

眼見民生凋敝　空有肥壯的牛羊

卻居無鍋碗　出無衣

更不提那幾番交涉之間的無禮

那已經非常顯明的

壓迫與歧視　絲毫不想掩飾

如兀鷹般只須在一旁等待

等待　那最後一日的到來

（要讓他們如願嗎　還是另求生路

堅強的噶爾丹當然不會屈服）

如史書所明記

大汗先招徠歸附　禮謀臣

再相土宜　課耕牧

在境內修明法令　賞罰有信

又使戰備的補給便捷　資源充足

多年的準備之後

整個汗國神采煥發

天空澄澈如洗　連雲朵也整潔有序

充沛的力量

如月之十五夜那初升的月光

於是　召喚了勇士中的勇士

集結了駿馬中的駿馬₁

旌旗高舉　號角低鳴

戰士們手持短鎗　腰弓矢佩刀

更使鎧甲輕便如衣　又讓回軍教習火器

再以橐駝負重炮

在無垠的藍天之下　向夢想出發

這一支如史詩所描述的雄獅隊伍

果然　在轉瞬間

就掌握了天山南北兩路

大軍再往西進　攻下了塔什干

費爾干納　橫渡了帕米爾的穆爾加布河

烏蘭布通古戰場，是傷心之地。
　　——攝於二○○四年八月　克什克騰旗

登上了高高的薩雷闊里山
兵鋒銳不可擋　直抵黑海邊岸
旌旗如雲　軍心鼓舞
年輕壯盛的隊伍簇擁著所向無敵的
博碩克圖汗　我們的
英雄噶爾丹

正是赤驥奔跑得飛快的時候
正是金劍出鞘最鋒利的辰光₂
誰再能阻擋胸中那澎湃的　想望
西進的勝利既已確定
大軍遂轉向東方
轉向噶爾丹心中　一處
真正的　夢土
從北元到滿清　是幾百年來
多少英雄與可汗渴望去恢復的
大一統的蒙古本部

於是　東征喀爾喀已見成功

再由克魯倫河輾轉南下

經科爾沁　錫林郭勒　直抵烏珠穆沁

那年是西元一六九〇

六月　康熙集大臣於朝　下詔親征

八月　準噶爾騎兵深入烏蘭布通

七百里外　清廷的京師驚惶震動

夏日　烏蘭布通有最肥美的水草

草原嫵媚茂密　一直鋪向遙遠的天邊

三百年後　我來憑弔

也是八月

正是那幾萬人一夕陣亡的慘烈時節

自晨至暮　史書上注記

廝殺之聲響徹天地

至今　克什克騰旗的父老還向我說起

有時在深夜　草原上還聽見戰馬嘶鳴

夾雜著兵刃相交　眾人殺伐哭號的聲音

是不甘心的亡魂還想轉敗爲勝嗎

（不能甘心啊　難道
就此墜落到暗黑的深淵　就在這一夜
向所有的期待啊　倉惶作別）

從烏蘭布通一戰的幾乎全軍覆沒
到昭莫多之役以後的流離失所
六年之間　康熙步步進逼
截斷退路　四向已再無可投奔之處
勇士傷亡殆盡　親信出走降清
身邊只剩下忠誠的
阿拉爾拜　納顏格隆等幾位將領
和始終不離不棄卻已不足百人的兵丁
牛羊早已散失　只能捕獸爲食
穹廬氈被也都遭焚燬
眾人在曠野中勉強露宿
夜夜星光滿天　難以成眠

曾經像天空一樣廣闊的胸懷

如今　也像天空一樣保持沉默

不理會清廷的殷殷招降

這支驕傲的隊伍　始終不發一言

隱身在草原深處

（隱身在草原深處　無人能知

那最後幾個月的時光究竟如何漫長

也無人能知

可汗的憤怒和悲傷）

隔年初春　英雄逝去

在一處名叫阿察阿穆塔臺的地方

聽聞噩耗前來祭拜的

有兩千多族人　他們的哀傷融入

獵獵朔風　紛紛雨雪

從此　身後的許多傳說總是帶有惡意

在他人書寫的歷史裡　受盡汙蔑

獨有劫後餘生的厄魯特人　子子孫孫

一代又一代敬謹相傳
在心中深深刻印著自己的大汗

遙想那汗國的牆垣猶存
在斜陽的光照裡　猶有餘溫

●

折翼之鷹仍是鷹
蒼天高處　仍有不屈的雄心

我今來此虔誠跪拜
遙向　準噶爾汗國的
博碩克圖汗
我們的
英雄噶爾丹

曠野無垠　長日將盡

獨有歷經災劫的哈剌蘇力德傲然矗立
深知自己是撫慰也是見證
是永不容扭曲和磨滅的生命記憶
在我們的信仰裡
只要他的黑纓戰旗恆在
英雄就不會離去

是的　在我們的信仰裡
英雄從未離去
聽　厄魯特的遺民仍在四野聲聲呼喚
呼喚啊　我們的
我們的
英雄噶爾丹

——二〇一〇・八・二十八

1—2　這四句文字是借用霍爾查先生的譯文，出自蒙古英雄史
　　詩《江格爾》。此漢譯本是一九八八年七月新疆人民出版社
　　出版。也是我在一九八九年八月初見原鄉時所獲贈的第一本
　　書。

鍾察海公主

一個旁聽生的筆記與詩稿

一、鄂爾多斯高原烏審旗　　二○○七‧八‧一六

……在薩拉烏蘇河周圍停留了比較長的時間，導致午餐延後到更晚。等我們三人要出發去烏審召拜看活佛的時候，已經是下午四點鐘了。沒想到，在這之間，查嘎黎還要帶我和朵日娜先去另外一個地方！

他先以手機通知活佛，說我們會再晚些才到。他想先領我乘日落之前，去拜謁英雄噶爾丹的戰旗，哈剌蘇力德。[1]

長年守護旌旗的先生，已經等在烏審召旁的路口，他開著一輛小型的汽車在前帶引，查嘎黎的車是馬力頗強的越野車，不過可能是常走的路徑，兩車的車速卻不相上下，一路橫衝直撞，終於越過杳無一

人，沙塵滿布的曠野，在日落之前把我們帶到目的地。

　　四野無邊無際，卻又一片灰茫。眼界能及之處，沒有任何其他的建築（甚至感覺上好像也沒有一棵樹）。面前只有一座巨大的方形水泥臺座，臺座之上，以柏木製成的旗竿支撐，高高矗立的是以黑纓圍成圓形的底座護持著的神矛，查嘎黎告訴我那纓穗是以黑色兒馬的鬃毛束成的₂，在風中微微拂動，更顯蓬鬆。

　　如果不是親眼見到，我一定難以想像，如此簡樸的材質，如此簡樸的造型，怎麼竟然會呈現出這般雄偉傲然的氣勢？

　　風聲獵獵，黑色的旄旗襯著灰茫的天空不斷拂動。三百多年了吧？旗竿和鬃纓每十三年換新一次，可是，這傲然的氣勢卻始終屹立，不動如山。

　　這就是準噶爾汗國的丹津博碩克圖汗，我們世代敬仰的英雄噶爾丹的哈剌蘇力德。我們三人在臺座前的土地上跪下叩首，我什麼祈求的話都不敢說，心中

只有深深的歉意：

「請原諒我的冒犯，在這麼晚的時刻前來。」

是的，我來何遲，懇請寬宥。

二、日本靜岡縣富士山下　　二〇一四‧五‧二五

……這次能在靜岡大學和好幾年沒見到的策‧哈斯畢力格圖先生相遇，眞是難得！今天晚上，大家在富士山下的旅舍聊天，他忽然問我：「好像有人把你那首〈英雄噶爾丹〉的長詩譯成蒙文了，我還沒看到。你有沒有聽過這樣一則傳說？是關於噶爾丹的女兒鍾察海公主，在向清朝投降之前，先把她父皇的蘇力德送到鄂爾多斯去的傳說？她是兩次渡過黃河才做到的呢……」

1.

當成與敗　愛與空　都不再由我們自己書寫

當時光前來　將何等清晰的過往
逐日逐年湮滅……
當所有的堅持　都已被他人重新詮釋
難以辯駁的我們啊
只好把真相一一化作熱烈的傳說
來對抗這個世界

聽啊　那三百年來不曾散去的呼喚
仍在四野　回望歷史的煙雲
命運的轉折是何等劇烈　道別的手勢
為什麼　次次都如此決絕[3]
公主殿下　請恕我遲遲不敢執筆
在我能讀到的　有限的漢字史書裡
有關你的出現　或者只有短短的兩行
或者　他們甚至一句也不提
（而連這僅有的兩行文字
　　終滿清一世　也是禁忌）

原是南北雙雄長年的纏鬥與攻伐
各自都是為了自己的國族
你父皇終於敗走　最後
在科布多的山野間　罹急症而崩逝
大清的史官卻公然在正史上造假
說是　賊寇噶爾丹
走投無路　死於畏罪自殺

公主殿下
你父皇正是堂堂準噶爾汗國的博碩克圖汗
統率四衛拉特₄　威震八方的英雄噶爾丹
大汗他一世的征戰和追求
只為恢復那碎裂已久的　大一統蒙古本部
恨只恨壯志未酬　何罪之有？

公主殿下　幸好這世間還有史家
在清廷的正史之外　留下這兩行記述
雖嫌簡略　卻交代得清清楚楚

是說大汗病逝之後

由他的隨從丹濟拉　率部下將遺體火化

再帶著骨灰　領著你與眾人向清朝歸降5

雖然只得此短短兩行　卻讓你

卻讓你啊　公主殿下

得以同時身在兩個現場

原來　在傳說裡

往往深藏著許多真實的元素

儘管母后已逝　兄長被俘

在那最後的辰光　守在病榻之旁

除了少數忠心耿耿的部屬之外　還有你

我們勇敢又堅強的公主　鍾察海

是的　在歷史和傳說裡　你一直都在

在靜靜等待

等待丹濟拉去安排　將父皇的遺體火化

再等待他們敬慎地將骨灰罐安置在車中

然後　老淚縱橫的丹濟拉默默走向前來

向你請安　輕聲說　車馬已備
我們上路吧　公主殿下

史書裡的現場記述到此爲止
傳說中的現場
卻開始了另一番不完全相同的展示

不過　且慢且慢
眞實和眞相　也都需要時光來慢慢凸顯
緩緩照亮　即使是再自許公正的　史家
也有他自身難以察覺的盲點和框架
⋯⋯

三、北京，淡水之間的通話　二〇二〇・三・二六

　　⋯⋯我在午前打電話到北京向賀希格陶克陶老
師問候近況。閒談間，也向他報告了我目前的工作進
度，還把正在修改的〈鍾察海公主〉的段落大意向

老師敘述了一些。想不到，竟然因此而有了重大的收穫！

首先，賀希格陶克陶老師指出我的錯誤。他說：「在蒙古文化傳統裡，親人過世，是要慎重下葬的。至少我是沒聽說過有火葬之事。或許對宗教上的人物有不同的規矩。可是，對大汗的身後事，即使是戰敗了，再倉卒，再無奈，也絕不可能這樣去獻給敵人。那骨灰絕對是假！沒有一個忠於大汗的屬下會去做這樣的事！」

然後，他說：「其實，英雄噶爾丹的身後事，我已用蒙文寫在論文裡，而且已經發表過了。今天，我可以鄭重地告訴你，英雄噶爾丹，也就是準噶爾汗國的博碩克圖汗，他的陵寢至今還在阿爾泰山的深處。並且，負責守陵的部族就駐守在附近，一如牧民那樣的生活著。他們遵循蒙古文化裡的古老傳統，對外謹守秘密，按時序祭祀，一代又一代地傳延下來。」

賀希格陶克陶老師說：「這是蒙古國的院士楚倫・達賴教授在世的時候，親口告訴我的。他是一位

非常認真的歷史學家，他告訴我，為了某些歷史上的資料訪尋，曾經多次進入阿爾泰山區。有一年，在山中遇見了一個部族，是衛拉特人。由於楚倫‧達賴教授也出自四衛拉特，熟悉了之後，彼此產生了互相信賴的情誼。也由於教授的專業是歷史學，因此，他們終於決定告訴他這個祕密，並且還帶他去陵寢所在地附近行拜謁之禮。當時，部族中的一位長者向他說：『馬上就快要有三百年了！這麼多年以來，我們整個部族，世世代代都是準噶爾汗國博碩克圖汗的守陵人，謹守職責，並且以此自豪。』」

說到這裡，賀希格陶克陶老師無限感慨地告訴我：「書上記載，博碩克圖汗逝於一六九七年的春天。楚倫‧達賴教授那次的阿爾泰山之行，是在一九九○年代初期，那個時候，可不是就快要有三百年了嗎？」

而現在，已經是二○二○年，正是春天。整整三百二十三年的時光都已經過去，可是此刻的我，為什麼會覺得昨日恆在？

是的，昨日恆在。只要想到此刻在廣袤無邊的阿爾泰山山脈，在任何人都難以測知的曠野或密林之間，有我們的英雄靜靜長眠之處，就會深心相信歷史真的不曾遠去，不會遠去。

昨日恆在。隨著那個謹守職責，並且以此自豪的部族，一代又一代的傳延下來……

2.

好像你騎在馬上的身影　還在山河間徜徉
有時在金色的樺樹林中一閃而過
有時　橫渡過洶湧江河……
縱然屬於你的黑夜已經來臨
但願你的睡眠　靜謐安寧
我們仍有些未完成的祝禱　等待你的歸來
你神聖的魂魄將與我們同在

是的　公主殿下

前面好像只能有一條狹長的路

骨灰是康熙皇帝一心索要
為了誇示自己這得來不易的勝利
他計畫在京城外集合軍旅和朝中大臣
看他如何將那骨灰隨風揚灑
以示對方的灰飛煙滅₆
至於你啊　公主殿下
只因是敵人的遺孤　又雲英未嫁
也一定要前去歸降　以表臣服

於是　在科布多的山野間
遂有了這一隊不足百人的老弱殘兵
陪著你　悽悽惶惶　且行且停

丹濟拉從少壯之時就跟隨在大汗左右
在傳說中　如今是由他來為公主仔細籌謀
這一隊車馬必須不動聲色一路前行

承載的既然是大汗的骨灰罐　怕有閃失
上下丘陵之時　速度當然要放慢
而在這之前更早更早的時段
在黑夜的掩護下　沉沉的暗夜裡啊
已有五名身經百戰驍勇無比的同袍兄弟
騎著快馬護衛著大汗的遺體靈車　另循秘道
早早地往阿爾泰山深處飛奔去了

巍巍阿爾泰　黃金般永恆的山脈
其南是衛拉特蒙古的家邦
其北是科布多豐饒的山野
我們此刻唯一持有的禱念
是希望大汗能安心在這裡長眠
是啊　那骨灰當然是假
身為衛拉特蒙古的後代　林木中百姓的子孫
豈能真的就這樣將我們敬慕的英雄
如此不堪的　交給敵人？

敵人的京城雖遠在千里之外
卻也不能不防他們早先置下的眼線
昨日　就有兩人突然經過　藉故搭訕
說是知道丹濟拉此行的任務　特地來致意
突然問起　為何不見大汗的旌旗
照理　這尊黑纛也是要交出的遺物之一

當時的丹濟拉未語先落淚
說那果真是惡兆啊　惡兆
大汗的旌旗已在那最後的昭莫多之役
全毀於清軍迎面擊來的火炮
清廷置下的這個眼線也是久經征戰的人
昭莫多一役的慘烈　早有聽聞
此刻彼此雖有敵我之分
為人兵卒的傷痛與無奈　其實所差無多
為了掩飾自己的同情　就不再追問
托詞要趕路　二人遂策馬先行
在逐漸暗下來的山林間　消失了身影

丹濟拉的眼淚是真的　悲傷也無虛假
他一直記得大汗當日審視那黑纛時的眼神
果真騰格里天神疼惜護佑
從漫天炮火之中搶救回來的戰旗絲毫無損
唯有隨著大汗的目光趨前細看之時　才見
銀灰色的柏木旗竿上滿滿浸染了暗紅的血痕

3.

一切過往　也都浸染著難以放下的
悔恨與悲傷　是啊　總是這樣
總是要走到只能回望的瞬間　才突然發現
幸福其實就在那過往的當下
在那當下的每時每刻　垂手可得
而如今　死生契闊……

從巨大的絕望與悲傷中醒覺
不禁自問　或許　還可以為他做些什麼？

在作為英雄噶爾丹的孤女去向敵人投降之前
你忽然明白　你還可以再做一次
準噶爾汗國的公主
自小就堅強又勇敢的　鍾察海

所以　從一開始
你就參與了丹濟拉的種種設想
並且堅持要加入　護送大汗旌旗的任務
護旗的勇士們可以先行　你當隨後追上
之後　再回來加入投降的這支隊伍
丹濟拉初始猶疑　不捨你以身涉險
即使他知道你一貫的冷靜堅強
也知道你此刻那反覆前來的悔恨與悲傷
但是　公主殿下
你輕輕說出的一句話
卻讓他再也難以攔阻　難以作答

你說

巴丹吉林沙漠，有四萬七千平方公里。
深藏著一百幾十處湛藍的湖泊，有鹹水也有淡水湖。
——攝於二○一○年九月　阿拉善盟

眞正的險境恐怕是在以後吧？
以後　當我住進了敵人的家

是啊　公主殿下　無人會加罪於你
當這個投降的隊伍抵達終點
依照慣例　康熙或許會將你許配給他朝中
任何一位大臣的子弟爲妻

或許　這個男子也肯對你照顧　疼惜
你們可能平安度過一生　也有兒有女
可是啊　你要擁有何等強大的力量才能支撐
支撐著自己　在那樣詭異的日子裡活下去？
所以　你說　丹濟拉
我非要走這一次不可　爲了裝備自己
這是最後也是最重要的一件事
悲傷可以永在　必須消除的是悔恨與愧疚
讓我去搜尋足夠的勇氣和足夠的記憶
我就答應你　從此　你的公主

會努力好好地活在敵人的家裡

傳說遂進入了主題

既然這一隊車馬必須不動聲色繼續前行
明日　當晨霧未散曙光初露
會有七騎衛拉特的牧民
準備妥當　在前方一處斜坡下相迎
此行　還牽來一匹四歲的棗騮馬
作為公主的坐騎
此馬自幼就冷靜從容　不懼突來的驚擾
腳程飛快　步姿又穩　或許
回程的時間可以比預期更早

果然　第二日清曉
那散發著青藍色柔光　如絲絹般展開的晨霧
還在不遠處的雜樹林間漂浮
公主殿下　你忠誠的子民都已經如約來到

大地寂靜無聲　春寒沁人　七位騎士

他們的心懷間卻洶湧著滿滿的赤忱

都是世代在科布多山野間放牧的英偉男兒

對阿爾泰山中那些幽深的路徑

從小就穿行翻越　瞭若指掌

這護衛之責　絕對可以擔當

只是初見公主之時　竟無一人敢於言語

先是默默依次向你請安　之後

再默默退守一旁

不知是懾於公主這名位的威儀

還是心中對你此刻孤身一人的疼惜

丹濟拉此時將不會隨侍在你左右

你們先行　他的車隊在後

初始的方向一樣

都是從科布多南下　然後再往東

唯有中途一小段　不盡相同

從那裡　你要飛騎奔往鄂爾多斯高原

再往伊金霍洛聖地₇　只為　前夜再前夜

已有勇士護衛著大汗的哈剌蘇力德先行
他們此刻或許正在黃河的邊上等你……

4.

傳說中的你遂飛身上馬
原本低垂的臉龐此刻傲然向著前方
黑亮的雙眸　又恢復了往日的靈秀光華
是的　公主殿下
眼前迎來的一切都必須仔細收藏
快看　那些古老高大的白樺林漫山遍野
仰望樹梢　有灰色的輕霧　層層漂浮
你知道那不是霧
是老樹在春日初生的新葉
快聽　山巔的積雪早已開始融化
幽谷中　山道旁
到處都新添一些細細的流泉或者溪澗
水聲潺潺　一路追隨

彷彿是山川神祇對你的輕聲叮嚀
此去將逐漸遠離故土　請多珍重
請帶上我們給你的祝福

是的　公主殿下
這是向故鄉大地的告別之旅
原該是充滿了悲愁的離緒
可是　由於參與了那神聖的任務
你們這一隊的人馬啊　在巨大的阿爾泰山之中
卻個個精神奮發抖擻　穿林越谷
初始的陌生與腼腆已經無影無蹤
衛士們有的趨前為你帶路
有的在旁在後　緊緊看顧
是一種你初次感覺到的團隊的友愛
是的　你當謹記不忘
這種友愛是如何溫暖了你的心懷

而這匹年輕的棗騮馬也果真不負所託

再崎嶇的路徑　再低凹的溝壑

牠都能輕易越過

騰躍時　還會注意前蹄的落點與自身的力道

盡量不讓鞍上的公主多受顛簸

何等靈慧的生物

你往前俯身在牠耳旁輕聲讚許　牠也能領受

那前進的步伐頓時變得昂揚無比

是的　公主殿下

牠也將是你記憶中的珍藏

每一想起　你的深心都會被這匹駿馬所照亮

這是一條你自己尋找到的道路

既是爲了父皇　也是爲了自身

悲傷可以常在　是必須的擔負吧

只希望在路上能將愧疚與悔恨全部消除

這是一條你自己要走上的道路

離開了阿爾泰山脈的東南端之後

再繼續南下　經黑水城　避開戈壁

往陰山的西邊走去
躲過了賀蘭山的阻擋　往南進入
滾滾黃河西面的折曲之地$_8$
護旗的勇士們啊　就在黃河的邊上等你
……

5.

我們要向生命追問的，究竟是些什麼呢？
或許　生命本身就不存在著解答
唯有謹守著自己的誓言　慢慢向前行去
謹守著　自己曾經那樣虔敬地許下的誓言
清曉的黃河邊上　還有著未散的霧氣
水面低平　水流緩慢地向北流去
彷彿是曾經有過的　夢境
當大汗的哈剌蘇力德從霧中顯現
公主殿下
在這瞬間　你其實難以判斷

自己此刻是置身於今日　還是童年

童年時你也曾經見過父皇的蘇力德迎面而來
不管是在清曉的河邊或是林間
你曾經訝異地問過父皇這旌旗代表的意義
怎麼是要到了此刻才恍然開悟
是完全的明白了啊……
童年　父皇將你溫柔地擁在懷中
向你解釋
一尊英雄的哈剌蘇力德　就代表他自己
在戰場上　永遠身先士卒　勇不可擋
像聖祖成吉思可汗的鎮遠黑纛　戰無不勝
我們稱那尊蘇力德為降伏一切靈魂的靈魂
而從非常久遠的時日開始　我們就相信
英雄死後　魂魄永在　不會離開
永遠盤桓在他的蘇力德之上
督促並且保護　他的族人
同時向世間昭示他的抱負他的理想　以及

那無人可以奪取的生命的尊嚴

正如此刻　在清曉的黃河邊上
護旗的勇士們舉著大汗的蘇力德向你走來
是真的啊　是真的啊
那閃閃發亮的神矛　那蓬鬆的黑鬃纓穗
那筆直的柏木旗竿　那一切的形象和光影
突然都有了儡人的威武氣勢　有了生命
原來魂魄的力量如此強大　恍如英雄親臨

是的　公主殿下
生命的尊嚴與勝負無關
折翼之鷹仍是鷹
蒼天高處　仍有不屈的雄心，

此刻　你也只須一逕往前　去實現你的誓言
跟隨著勇士們渡過寬闊平靜的黃河
先到對岸的聖地　伊金霍洛

向聖祖的哈剌蘇力德行叩拜之禮後
再請求長年守護八白室的達爾扈特[10]引領
尋到一處隱密的所在
把隨著英雄噶爾丹征戰半生的旌旗[11]
悄悄地供奉起來

傳說到此　已近尾聲
護衛旌旗的三位勇士[12]
將從此在鄂爾多斯高原上落戶　駐守
衛拉特蒙古的鄉音　雖與當地的牧戶有別
牧民間彼此的心意卻相融相通
儘管　就在近旁
準噶爾汗國與清廷的攻伐並沒有結束
時和時戰　又延續了五十多年[13]
不過　這一切都離傳說已遠

傳說裡　公主殿下
你已經實現了你當初立下的誓言

時間不夠　你不能再多作停留
你們這一隊還要往東疾走
穿越整座鄂爾多斯高原
去尋找黃河從北方再彎折而下後的一處渡口
好趕上丹濟拉那一隊在等候著的車馬
莫讓他們擔憂

此刻　在還沒有返青的荒漠草原之上
以石塊暫時堆疊成基座
大汗的哈剌蘇力德已經穩穩地豎起
眾人也都已行過了祭拜之禮
是的　公主殿下　這一路行來
你再無愧疚與悔恨
身為英雄噶爾丹的女兒　此去向前
你也擁有了他的　無人可以奪取的
生命的尊嚴

於是　向三位護旗的勇士鄭重道別之後

你再飛身上馬　準備出發

你的衛士們也緊隨在旁

在鞍上　大家不約而同地緩緩轉過身來

極目遠望　四野灰茫　風聲獵獵

沉沉大地往更遠處無邊之境鋪展再鋪展

天地之間　只有一尊英雄的哈剌蘇力德

靜默兀立　高傲而又悲傷……

這不是別離　是的　只要這黑纓戰旗恆在

英雄就永遠俯視著我們　不會離去

6.

傳說到此結束

至於史書裡　那個向清廷歸降的隊伍

想必也沒發生任何差錯

否則就不會只有兩行文字　匆匆帶過

果然如我們所料　見到康熙皇帝之後
他將你許配給青海和碩特的濟農之子
任職二等侍衛的查格德爾為妻
同時　你也得以見到早先被俘的兄長
色布騰巴勒珠爾　並且與他相聚
他如今已被任命為一等侍衛
以顯示康熙對敵人遺孤的寬大為懷

這是從另外的書中得到的訊息14
之後即是空白　我明白　這原本是常態
無論是往昔　或是今日
歷史絕無空隙去容納任何一個小小的個體
亂世的波濤更是洶湧　不斷撲向前來
是的　公主殿下
一個女子的遭逢和她辛苦求得的記憶
到了最後　也只能付諸那遺忘的大海……
這就是世間所有傳說　那心有不甘的由來

已半埋在流沙中的黑水城。
夕陽低垂,將我的身影投射在牆垣之上。
——攝於二○一三年九月　額濟納旗

在停筆之前　還有一段小小的後話

記得嗎？公主殿下
在第二段黃河的邊上　在離別時刻
眼見你對身邊的棗騮馬戀戀不捨　愛撫有加
那七位可敬的衛士遂建議　不如就將牠留下
反倒是公主你卻回說　萬萬不可

是的　萬萬不可
對一匹有恩於你的好馬兒啊
所有高原上的牧民　包括我們衛拉特人
自古以來　不是都知道該如何報答？
你說　請你們帶牠回返故鄉吧
回到牠熟悉的馬群和牧民之中　請記住
我希望牠這一生　能得到你們的祝福
在如母親般溫柔又巨大的阿爾泰山庇護之下
安心地生活　安心地長大

七位衛士回到科布多家鄉之後　謹守承諾

請來眾多族人作爲見證

在初夏青碧的草原上　大家歡聚

以對護送鍾察海公主有功的事蹟上

舉行了將駿馬獻神的古老儀式

由於只有白馬才可以獻給天神

棗騮馬的資格是可以獻給星辰

還有佛祖　以及敖包[15]

在典禮的前幾天　族中長者詢問的瞬間

七位衛士　怎麼同時都想到那天上的星辰？

是啊　公主殿下

七位衛士都想起了你黑亮的雙眸

那靈秀的眼神　不就是

不就是夜空中閃耀的星光　永不能忘

於是　在蒼天的俯視之下　在眾人的祝禱聲中

這匹繫上綵帶的棗騮馬就敬獻給天上星辰

作爲星辰諸神下凡時的坐騎　儀式甫成
牠即刻晉身神界　成爲一匹神馬
從此再也不受人類的役使　自由自在
鞍轡不再加身　任何人不得騎乘
此外　人類還須時時敬謹相待……

是的　公主殿下　一切都如你的期許
這匹領受到眾人祝福的好馬兒啊　從此
在阿爾泰山故鄉　歡欣寧靜地成長
請問　在你的深心中　是不是也得到了
一種平和愉悅　近似安慰的報償

　　　　　　　　——二〇二〇・五・一二

四、臺灣北海岸鄉居 二〇二〇・五・一四

　　現在是正午時分，書房窗外的雜樹林在陽光曝晒之下靜止不動。聽說今年的第一個颱風「黃蜂」可能在兩天後的週末報到，所以這兩天室外極為悶熱。

　　前天晚上，終於把在這幾年間一直寫寫停停的這首敘事詩〈鍾察海公主〉算是完成了。當然，這「完成」只是初步的架構，應該還需要修正。不過，自己知道目前能做到的大概也只能是這樣的程度了。

　　在這首敘事詩的標題下，添加的附題是「一個旁聽生的筆記與詩稿」，好像是我為如此雜亂的書寫形式找到的一個推脫的藉口。是的，我承認，我的能力只可以做到這樣。在游牧文化如此豐美的課堂裡，由於自己前半生的缺席，我一直是個既沒有學籍（出生與受教育都在外地），又沒有課本（不通曉自己民族的語言文字和文化）的旁聽生。

　　回到原鄉這三十年來，我從沒停下過那想要尋索什麼的腳步。是的，我其實並不知道自己追求的是些

什麼，更不知道前面有些什麼在等待著我。唯一的解釋或者就是因為前半生裡的極深極痛的欠缺感吧？所以如今我才會想要知道和知道更多，想要遇見和再次遇見，真是個貪得無厭的老孩子啊！

猜想會不會是上天垂憐？垂憐這一份尋索的痴心。因而不時會在長路的轉角處，給我安排了一位甚至好幾位的引導者，引導我去發現那些蒙塵已久的珍貴物件以及珍貴的訊息。

我何其幸運，能時時得到族人的相助。就像這一次，今年的三月二十六日，由於賀希格陶克陶老師的引導，讓我竟然得以與三百多年以來，在漢文的世界裡幾乎無人知曉的歷史真相，正面相遇，這是何等的福分啊！

所以我決定，傳說本身，還是以詩的形式出現。但是我自身所有實在的經歷，就必須以紀實的筆記文字書寫，稍作分別。

但是，即使已經分成兩列來進行了，還是有難題，原來歷史比我的混亂更要混亂上千倍！

二○二○年四月七日，和現居呼市的哈達奇‧剛老師通話，又出現了另外一種說法。他說在蒙文的噶爾丹傳記（《嘎爾丹博碩克圖》，那木斯來編，內蒙古人民出版社二○一一年四月初版）裡，是說噶爾丹因急病去世之後，丹濟拉是帶著大汗的骨灰，再領著鍾察海公主先回到準噶爾汗國的。雖然那裡有和父皇交惡的堂兄，策旺阿拉布坦對她不會很友好，但至少仍是公主的故鄉，應該是最合理的投奔之處。

　　哈達奇‧剛老師說，由於距離遙遠，康熙並不可能即時就知道敵人的死訊。是隔了一段時間之後才聽說了，於是向策旺阿拉布坦索要噶爾丹的骨灰。這次是由這位處處與噶爾丹爭奪汗國控制權的策旺阿拉布坦帶隊，領著公主，帶著骨灰，還有丹濟拉等人馬去向康熙表態示好的。

　　那麼，骨灰到底是真是假？我想，此處就凸顯了丹濟拉的忠誠和心機了。他完全明白策旺阿拉布坦的居心，所以早早就做了安排，回到準噶爾汗國的號稱是英雄的骨灰仍然是假的，但策旺阿拉布坦並不知

曉。

　　是的，策旺阿拉布坦是想要討好康熙，以使他在即大汗位後能維持準噶爾汗國於不墜，而他也確實做到了。

　　我在這裡不是要寫準噶爾汗國的興亡。我只是在聽到策‧哈斯畢力格圖先生提到了鍾察海公主的傳說時，心中就出現了一幅畫面，一個年輕的女孩站在黃河邊上，遙向西方的故土和已經望不到的父皇的哈剌蘇力德道別……

　　哈達奇‧剛老師告訴我，他猜測鍾察海公主那年頂多只有十四歲。因為那個年代，女孩子十三、四歲就會訂好了親事，十六歲時就嫁出去了。所以我的畫面之中就要不斷修正細節，時間就這樣在重新設定又再次推翻的反覆之間過去了。

　　我記得，好幾年之前，一位年輕的朋友就問過我：「怎麼不寫女英雄？我們蒙古歷史上也有許多位了不起的女英雄啊！」因為她也是寫作的人，發表了很好的作品。我就說：「你去寫吧。好嗎？」真的，

我沒有開玩笑的意思，我覺得她真的可以去寫。而我自己的今天，並沒有能力去做一個完整甚至是「平衡」的系統書寫。

是的，在寫作上，我其實是比較缺乏訓練的。在原鄉更是如此，沒有人會用高標準來要求我，正因為我是個已經遲到了的旁聽生。在教室裡，雖然心懷忐忑，跟不上進度，但又因為一種狂喜而忍不住要東張西望，覺得處處都充滿了新鮮亮眼的事物，充滿了誘惑！因此，我交出來的作業總是顧此失彼，除了那一份求知的痴心以外，其他的大概永遠在「及格與否」的邊緣上漂浮著吧……

但是，我自覺幸福滿滿。能夠被原鄉接納，能夠被允許進入教室旁聽，能夠在長路上遇見這麼多位引導者；這是連自己也難以相信的人生際遇啊！

1　哈剌蘇力德。「蘇力德」在漢文裡是「纛」，也可稱「旄」。不過，在蒙古高原上久遠的游牧文化裡，它象徵的不僅僅是外在可見的旗幟，也是個人內在的精神力量。白色的「察干蘇力德」代表的是國族、國家的旗幟。而黑色的「哈剌蘇力德」代表的則是領袖的威儀，將軍的戰力。

英雄逝世之後，他的魂魄永在，就盤桓在他的戰旗（黑纛）哈剌蘇力德之上，俯視並且保護他的國族。這樣的象徵意義，源自早在匈奴文化之前的古老薩滿教信仰，一直傳延到今天。另外，蘇力德也代表每一個蒙古人的中心思想和態度。因此，「每個人心中都有一尊蘇力德」，就是「要奮發向上」。

白色的察干蘇力德是有一尊主纛，八尊陪纛。一二〇六年成吉思可汗在斡難河源立起的「九游（旄）白旗」就是大蒙古國的國旗。

而出征之時的哈剌蘇力德（戰旗），則是一尊主纛，四尊陪纛。

2　纓穗。哈剌蘇力德的纓穗必須用兒馬（即公馬）的黑色鬃毛來做成。黑馬和棗騮馬的鬃毛都可用，因為，棗騮馬身體是棗紅色，鬃毛與尾巴都是黑色。

3　此處的四行詩句，取自我的舊作〈英雄噶爾丹〉。

4　四衛拉特。衛拉特蒙古是蒙古民族主要的組成部分。衛拉特是「Oyirad」的漢語音譯。元代時譯作「斡亦剌惕」、明朝譯作「瓦剌」。清朝至今，常譯作「衛拉特」。至於譯為「厄魯特」或「額魯特」者，有誤差。因為厄魯特或額魯特

僅是衛拉特蒙古諸部中極爲古老的部族之一而已。

「四衛拉特」即蒙語的「都爾本衛拉特」的直譯，或可說
是傳延下來的「衛拉特四萬戶」的古稱。一如「四十蒙
古」或「八察哈爾」等。

另一名稱「林木中百姓」，則是學者從字根上的推究而
來：「衛」（Oyi）──指林木、森林──加「阿拉特」
（arad）──百姓──組成的。

以上資料來自《衛拉特蒙古簡史》上冊、新疆人民出版社
一九九二年六月初版。（一九九二年七月十日在新疆庫爾
勒初遇我們敬仰的巴岱先生，他親筆提字贈給我們夫妻二
人的。）

準噶爾、杜爾伯特、和碩特、土爾扈特、輝特、厄魯特等
部，都屬衛拉特蒙古。

5　「兩行文字」的出處。《蒙古民族通史──第四卷》，撰
寫者爲：烏雲畢力格、成崇德、張永江。出版者是內蒙古大
學出版社二〇〇二年十一月初版。

6　「灰飛煙滅」的出處。其他史書也有提及，但此處我是閱讀
《最後的可汗──蒙古帝國餘輝》後的印象而寫成。作者
爲班布爾汗，中國社會出版社二〇〇九年二月初版。

7　伊金霍洛聖地。「伊金」漢譯爲「主」或「主上」，此處專
指成吉思可汗。「霍洛」即「園地』或「陵園」。主之園
地，主上陵園。在鄂爾多斯高原之上，是供奉祭祀聖祖成吉
思可汗和可敦（夫人）以及保存旗徽等遺物之地。聖祖眞正
的長眠之地在蒙古國肯特省不峏罕‧合勒敦群山深處。而鄂
爾多斯伊金霍洛的成吉思可汗陵寢所在地（簡稱「成陵」）雖

只是衣冠塚，但歷史悠久，並且由於有世襲的達爾扈特忠心耿耿一代又一代的認真祭祀和維護，將蒙古傳統文化的信仰核心延續到今日，實屬難能可貴。即使經歷了瘋狂文革的幾乎全面摧毀，也是靠著不滅的信仰和決心，幾經努力，已逐漸把文化記憶裡的許多珍貴細節重新尋回，重新再成為世界各地的蒙古人心中的「聖地」。

8 黃河。發源在青海巴顏喀剌山的黃河，在鄂爾多斯高原的西部北上，再向東折，然後再順高原的東部南下，流經陝西、山西交界，從山東出海。所以這就是繞經三面鄂爾多斯高原的黃河河套。而傳說中鍾察海公主要「兩次」渡過黃河的原因就在此。

9 此處的兩行詩句，取自我的舊作〈英雄噶爾丹〉。

10 「八白室」也稱「八白宮」，是對作為成吉思可汗祭奠之地的稱呼。現在則指鄂爾多斯高原的伊金霍洛成陵。

「達爾扈特」或稱「達爾哈特」，是專責守護伊金霍洛成陵人員的古老職稱，其意為「神聖的人」。是世襲制，各有分職。幾百年來，一心一意守護可汗陵寢，有許多感人的事蹟。

11 征戰半生。英雄噶爾丹在十三歲時被認定為溫薩活佛羅卜藏丹津札木措的轉世，即第四世溫薩呼圖克圖，被迎請到西藏。先在札什倫布奇拜班禪博克多為師。班禪在一六六二年圓寂後，再到拉薩，在達賴門下學習，在西藏生活了十年。回到故鄉時是二十三歲，因此，若不是皇兄僧格被弒，他原可以活佛之身在宗教的世界裡潛心進修，不問世事的。

（《蒙古民族通史——第四卷》）

12 三位勇士。此處以「三」位勇士作為傳說裡護旗到鄂爾多斯高原的先鋒，是我取其象徵的意義，其實人數比此更多。

二〇〇七年，在日落之前匆匆拜謁了在烏審旗的英雄噶爾丹的蘇力德，深受啓發。所以二〇〇九年與好友查嘎黎約好了，再次前往。同行的還有北京的研究薩滿教的學者尼瑪先生，這次時間從容多了，所以我們還能見到了守護噶爾丹的哈剌蘇力德的好幾位護旗者。尼瑪用蒙文與他們相談甚歡，並且也記了筆記。

二〇二〇年五月七日，我以此事相詢於尼瑪大哥之時，他告訴我，二〇〇九年七月，在烏審旗，那幾位護旗者說，從科布多出發時是一六九七年春天，護旗的部眾是從十個不同的氏族中選派代表參加的。到現在還留在烏審旗的只剩三個氏族了，他們是厄魯特，維吾爾津，以及明阿特。但是，每年在最重要的祭典舉行的時候，其他生活在外地的七個氏族，都會派族中子弟前來參加，所以並沒有斷了聯繫。

當然，在三百多年中間，他們的祭祀都是秘密地舉行，不敢讓他人知曉，並且地點也經常受時局的影響而更動。是直到最近，地方政府開始注意到在烏審旗由於歷史和文化的影響，旗境內從北到南，十幾尊蒙古歷史人物的蘇力德都在此設有祭壇，並且有部眾守護，從八百年到三百多年，從未間斷。因此就以「蘇力德之鄉」做為烏審旗的文化特色，這祭祀才得以公開舉行，地點也才得以固定。我在二〇〇七年夏天的黃昏時分拜謁之時，那座為了英雄噶爾丹的哈剌蘇力德所建造的方形水泥基座，應該也是新設

的吧。

13 五十多年。準噶爾汗國在策旺阿拉布坦的治理之下，真的頗有國泰民安的氣象，但是，這一切當然會引起清廷的不安，於是，爭執又起，一直到策旺阿拉布坦的兒子噶爾丹策凌繼位為準噶爾大汗之後，他的敵人已是雍正皇帝，之間再是時戰時和，到噶爾丹策凌去世之時，已是一七四五年，乾隆當朝已有十年。再過十年，從一七五五到一七五七（乾隆二十年到二十二年）準噶爾汗國滅亡。有史書記載的滅族殺戮，是清軍每得一部「呼其壯丁出，以次斬戮，寂無一聲，駢首就死，婦孺悉驅入內地賞軍，多死於途」。因而最後是到了「千里之地，遂無一人」的地步。衛拉特人曾有言：「沒有比這更悲傷的記憶了。」

14 許配為婚。這裡的線索來自《最後的游牧帝國——準噶爾部的興亡》，宮脇淳子著，曉克譯，內蒙古人民出版社二〇〇五年四月出版。以及《嘎爾丹博碩克圖》，札木斯來編，內蒙古人民出版社二〇一一年四月初版。（蒙文版）。而這取自蒙文版的資料是世居阿拉善盟額濟納旗的好友那仁巴圖提供給我的。

15 以駿馬獻神。在這個主題之下，我所能依憑的線索都來自《蒙古學百科全書——民俗》內蒙古人民出版社二〇一五年一月初版。（整套的蒙古學百科全書有二十卷，每一卷是獨立一冊，並且各以蒙文和譯成漢文出版，每卷的篇幅以漢字計算約計一百萬到一百二十萬字，包括插圖、索引。）
我書架上的這本民俗卷是編者之一敖其教授送我的，對我來說，幾乎是個圖文並茂的索引靠山。其中許多專題都詩

意盎然。尤其是談及以牲畜獻神的儀式以及其核心思想，是感激，是善待，是賦予自由，享有尊敬；其實是牧民（或者應該說是人類）自己辛苦一生，有時也萬難達到的夢想啊！

把這樣美好的生活給了一匹自己感激的好馬兒，讓牠在故鄉安享天年，在你眼前自由地奔跑。牠的幸福似乎也可以在每一遇見，甚至每一想及的時刻，成為你心中的幸福感了吧？

（據說白馬比較長壽，可以活到三十五歲，一般的馬兒大多是活到二十多歲。而且蒙古民族崇尚白色，以為最聖潔、最吉祥的顏色，所以只有白馬可以獻給天神。）

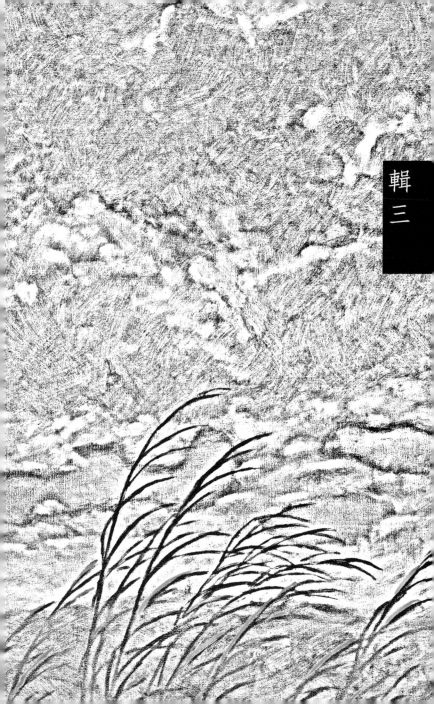

輯三

英雄博爾尤

（一一六三——？）[1]

前言——寫給我的族人

是一種呼喚，而你我都在其中。
不知道有多少聲音在呼喚著我們，
逐日逐夜，隨著時光流轉，
有時幽微，有時熱烈，
歷經這幾乎已是一生的歲月。

要相信啊！這一切都是真的，真確並且完整。蒼天亙古俯視，四野疾風凜冽，是靜立在高原之上不曾挪移過寸步的昨日前來引領，引領我們去閱讀往昔，那不曾被竄改被錯置被藏匿了的記憶……

是一種不曾停止過的呼喚，而你我都在其中。軀體可以孤獨存活，靈魂卻需緊密相依。是的，我們的生命如此相像，都渴望能將呼喚的來處深深刻印在心底，永誌不忘。

1.

是因為　一陣微風拂過
吹開了他額前的亂髮
還是因為一束穿透雲層的陽光
突然照亮了他的臉龐

微帶風霜　稍顯疲累
卻絲毫不減損那少年的英武和高貴
他遠遠策馬向你走來
如鷹鵰之掠過曠野　而曠野無垠
那是個微寒的清晨　世界剛剛蘇醒

那是個微寒的清晨　日出之後
青草的香氣還帶著露水的滋潤
你們家的大馬群靜靜散布在草原之上
十三歲已滿的你
正在辛勤工作幫騍馬$_2$擠奶
他遠遠策馬向你走來

還沒開口詢問　那凝視
就點燃了你的心魂
博爾朮啊　博爾朮
史書裡還特別指出你是個俊美的少年
可是　眼前的他
卻是眼中有火　臉上有光的好男兒
擁有你萬分渴慕的英雄氣概
忽然　你只想追隨他馳騁萬里走遍天涯
從來沒出現過的種種豪情壯志
此刻滿溢在你年輕的胸懷

你們眼神相觸的瞬間

山川寂靜　萬物稱慶

喜悅的訊息已經傳遍祖先深愛的大地

蒼穹高處

九十九尊騰格里神都在微笑祝福

博爾朮　你可知道

來到你面前的這個少年堅忍無比

早早失去了父親的他，歷經艱險四面受敵

幸而有賢能的慈母和互相依靠的幼弟

不想　在三天前

家中僅有的八匹銀合色騙馬又遭賊人盜去

循著草上的痕跡　追趕了三天三夜

終於　在此遇見了你

博爾朮　你多麼慶幸可以出手相助

你說

「今天清早，太陽出來以前，

有八匹銀合色騙馬，從這裡趕過去了。
我指給你蹤跡。」₃

剛要舉起手來　才發現
裝滿了馬奶的皮奶桶還沒有放下
也罷　也罷
既是要給人帶路　就連家也不回
把皮口袋扎起來放進一叢茂密的芨芨草堆
又讓對方把那禿尾巴的甘草黃馬換了
騎上一匹黑脊梁的勇壯白馬
自己也挑了匹快馬　毛色淡黃
就此往前路出發

人在鞍上　博爾朮　你才回頭說話

「朋友！你來得很辛苦了！
男子漢的艱苦原是一樣的啊！
我給你作伴吧。

我父親人稱納忽・伯顏。 ₄
我是他的獨生子。
我的名字叫博爾朮。」

少年此時也向你說出
逝去的父親名諱是伊蘇克伊 ₅
母親閨名訶額侖
自己的名字是鐵木真　還有四個弟弟
別勒古臺　合撒爾　合赤溫　帖木格
和一個小妹妹　帖木侖
由於遭到自己族群的嫉恨與拋棄
孤兒寡母只能辛苦度日
沒有牛羊和多餘的財物
那八匹駿馬是全家唯一的依恃
現在能得到朋友你的幫助　使我的勇氣加倍
相信　我們兩人一定可以將馬群奪回

初夏的清風拂上你因興奮而熾熱的臉龐

眼前這個世界　怎麼好像

突然　突然就改變了模樣

博爾尤啊　博爾尤

你一向是個乖順的孩子　此刻

怎麼竟然把馬群　皮奶桶子

還有種種牧野的工作和責任拋在身後

也不先去向父母稟告一聲就擅自出走

這是第一次啊　博爾尤

你全心全意在品嘗著這友誼的醇酒

心中湧動著何等甘美的暖流

為了解救朋友的危難

這天地之間就再無阻攔

此刻　原野上的陽光也已有了暖意

你們二人並肩策馬往前方急急奔去

時隱時現　時斷時續

追索著那些盜馬賊在草葉間留下的痕跡
整個白晝　你們二人都在草原上馳走
從緩緩起伏又漫無邊際的曠野
逐漸來到一座長滿了松柏的山丘
暮色已臨　鐵木眞提議不如就在此宿營

他爲你們在山腳處找到了一個避風的角落
有松針厚積　仍帶著淡淡的香氣
不遠處　是一條細長的小河迂迴流過
兩人先替坐騎卸下了鞍轡
用刮子刮去馬汗　讓它們去河邊飲水
這時鐵木眞已用弓箭射殺了一隻旱獺
在山腳的沙地裡挖了個淺穴埋下
然後在其上燃起了小小的火堆
沒多久　有木碗的熱茶有燜烤的肉
美好的晚餐就已齊備

博爾朮　飯後的你只想稍作歇息

卻沒料到一日的疲累即刻讓你深深睡去
恍惚中只瞥見樹梢的夜空如寶石般透明的藍
星群閃爍　如此寧靜　如此平安

第二天的黎明　日出之前
半邊的天空已轉成彤紅　輝光如烈焰
你才剛起身　就看到兩匹駿馬都已裝備齊全
鐵木真正從河邊走來
要把盛滿了清水的皮囊繫置在馬鞍旁
酣睡了一夜的你　只覺得精神抖擻氣勢昂揚
不由得高舉雙臂仰天大喊了一聲
「雅布訝！」
是的　走吧　走吧　讓我們馬上出發

再過了兩天兩夜之後
終於尋到了賊人的聚落
遠遠望見那八匹銀合色的騙馬被柵欄圈住
想是怕牠們自行逃脫

你們二人二馬隱身在雜樹林中靜靜等待
到了晚茶時分　原野上已無人影才慢慢靠近
柵欄中的八匹駿馬嗅聞到主人的來臨
牠們興奮得鼻息急促　不斷舉起前蹄刨地
卻也明白這是險境不可發出任何嘶鳴
待得主人將柵門的皮繩繩結一一解開
障礙清除　這八匹被囚困多日的好馬兒啊
幾乎是奪門而出　不需主人的引領
逕自向著回家的方向全速前進
這時候的蹄聲與嘶叫才將氈房里的賊人驚醒

暮色裡　有幾個還拿起套馬杆在身後追趕
你向鐵木眞討箭　想把他們驅散
鐵木眞卻說
「爲了我，恐怕使你受傷害，
我來廝射！」
說著就回身拉弓瞄準　靜定的身姿英偉挺拔
那儷人的氣勢令匪徒心生懼怕

就藉著天色已暗　互相勸告
紛紛將身體往後一仰　止住了自己的馬

你們二人　日夜兼程
趕著失而復得的八匹駿馬
越過河谷　穿過濕地
又掠過那千頃萬頃在風中搖晃著的叢叢蘆葦
驚起了水面的禽鳥群飛　振翅撲向天際
整座天穹　有時渾如一體碧空澄澈
有時卻各自造景各自分割　一方烏雲翻滾
一方細雨迷濛　一方卻正麗日當空
因而常常會遇見那座橫跨天際的巨大彩虹
在回家的路上　博爾朮　十三歲的你
總會覺得那是騰格里神的祝福　也是獎賞

當你們回到了來時第一夜那個避風的角落
有種熟悉的感覺像是已經回到了家
清晨醒來　相約到小河邊好好漱洗

身體與頭髮在寒涼的河水中滌盡了塵沙
上岸著衣之後　兩人相對著坐下
在芳香的松柏林間　在鳥雀爭鳴的夏日清曉
彼此為對方將兩側的短髮辮仔細編好
奔波了多日的辛苦終於結束　不禁相視微笑

此時　鐵木真誠懇地向你道謝　並且
他說想贈你幾匹馬作為此行的酬勞

博爾朮　好男兒
你登時從草地上一躍而起
臉龐通紅　好像受了什麼天大的委屈
接下來　你的回答又多麼明朗多麼熱烈
你說
「我因為朋友你來得很辛苦，
我為要幫助好朋友，才給作伴。
我還要外財麼？
我父親是有名的納忽‧伯顏。

納忽‧伯顏的獨子就是我。

我爸爸所置下的，我已經夠了。

我不要！

不然我的幫助，還有什麼益處呢？

我不要！」

八百年來　記錄在史冊上的這段言語
還不斷地在高原的篝火旁輾轉傳遞
博爾朮　好男兒
你已經用最大的努力闡明了自己的胸懷
那裡有比黃金還要貴重的赤誠和友愛
鐵木真也即刻站起　伸手與你緊緊相握
這就是你們兩人第一次相遇的經過

回程雖然已經減少了許多周折
卻也還是三天三夜的長途奔波
終於望見了自家的牧場
喜滋滋地走進家中

卻遇上了涕淚滿面的納忽・伯顏

六日六夜無望的尋找

不知心愛的孩子遇上什麼凶險

如今迎面走來正是心心念念的嬌兒

父親在狂喜之際　看你倒像無事人一般

忍不住責備了幾句

博爾朮啊　博爾朮

喜悅淹沒了你　竟然說出

和往日完全不同的話語

「怎麼啦！

好朋友辛辛苦苦地前來，

我去給他作伴，

現在回來了。」

說完之後　賭氣重新上馬去到野地

六天前匆匆置放的皮奶桶和皮斗子

還在隨風搖曳的芨芨草叢裡

只有它們　才知道小主人心中的秘密

去時還是個備受疼愛不知世事的少年

歸來後　已經過一番成長的歷練

其實　在你身邊
你父親也看見了孩子的轉變
博爾朮啊　那默默端詳著你的眼神裡
有七分驚喜　卻也有三分落寞
幼鷹的雙翅羽毛已豐滿
正在試著撲飛開展
他面對的將是浩瀚的藍天
愛子離巢　這滋味亦苦亦甜
應是爲人父者必須接受的禮物吧
且來爲此而歡宴

在宴席之上　在雙親面前
博爾朮　你與鐵木眞結爲安答6
他長你一歲　應稱兄長
而你滿心歡喜成爲他的義弟

在這個晚上　星輝閃亮

鐵木真緩緩向你說出他的想望

這次回到家中之後他還要有遠行　只爲

有一個美麗的女孩曾經與他定親

那一年鐵木真只有九歲　孛兒帖十歲

父親將他在女孩的家中留下

溫柔的孛兒帖與他才剛彼此熟悉

鐵木真卻又不得不倉促離去

是因父親在歸途中被塔塔兒世仇所毒殺

當時年幼難以抵擋許多困境

如今誰也無法攔阻他的決心

不論要付出多少時光多少力量

千山萬水　他也要去尋回自己的新娘

讓孛兒帖來到身邊之後

他才能開始往更遠處去細細籌謀

星光下　鐵木真和你相約

「一切都妥當之後，

我會讓別勒古臺前來接你。

博爾朮，我珍貴的安答，

希望你能幫助我，給我力量和勇氣！」

黎明　鐵木眞告辭之時

你的家人已經爲他做好了準備

殺了一隻特別肥壯的小羊羔

充作路上行糧　又把裝滿了各種奶食品的

皮口袋和皮桶子都馱在馬上

臨別之際

納忽・伯顏以父輩的摯愛

說出了草原上每個父親都深藏著的期許

他說

「你們兩個年輕人！

要互相看顧，從此以後，休要離棄！」

鐵木眞離去之後　博爾朮

這時間分明在與你爲敵

往昔的追想。是我們的英雄博爾朮的身影嗎？
——攝於二〇〇六年七月　烏蘭巴托

冬日步履蹣跚　走得更慢的是春寒
清晨替騍馬擠奶的時候
總忍不住要抬起頭來向遠方張望
遠方　卻只見寂寥的曠野
起伏的牧草間只有自家的馬群和牛羊

十五歲的那個夏天　雨水充沛如新泉
馬群肥壯　馬奶溢香
同樣的清晨　同樣的日常工作
同樣的一抬頭　博爾尤啊
你心跳加快喜出望外
騎著一匹銀合色騸馬　那人
穿著青色的袍子　繫著金黃的腰帶
遠遠向你奔來的應該就是
鐵木眞兄長的信使　別勒古臺

終於結束了啊　這悠長的等待

趕快　趕快
珍貴的安答在呼喚著我呢
騎上一匹拱著脊背的甘草黃馬
在馬鞍上匆忙捆了一件青色的毛衫
如此迫不及待地你就離開了家
這次　還是沒去向父親說一句道別的話
博爾朮啊　博爾朮
可知從此前行將是千里萬里的征戰生涯

或許　你深信
父親不久一定會明白
草原上的訊息傳得很快
他會知道　有兩個年輕人從沒忘記
從沒忘記過他的期許
在此後的一生裡
都是互相看顧　從不離棄

歷史的開端　在草原深處　當然

我們不得不承認　那隨後的滾滾煙塵
是暗黑的詛咒
將有多少鮮活無辜的生命被成群地殺戮
多少城池被焚毀繁華湮滅
昔日豐美的大地之上　只剩廢墟與枯骨

可是　我們也不得不相信
浩劫過後　重生的歲月緩緩蒙受祝福
有多少思想的千年桎梏從此鬆動
多少文化　得以分享彼此的泉源和火種

此刻　讓我們先保持靜默
將那糾纏著的累世恩怨暫且放下
開始去回溯那最最初始的出發
橫跨歐亞三千萬平方公里的廣袤疆域
一個無人能及的大蒙古汗國如旭日般升起
誰能預知這一切　都只源於
兩個少年的相知和相惜

是的　博爾朮
所有的一切都肇始於那個微寒的清晨
日出之後
你　遇見了鐵木眞

2.

一生信守諾言
成爲忠誠的友伴　永不離棄
這樣的理想　即使是在平安的歲月裡
恐怕也並不容易

博爾朮　少年的你
卻是從一開始就捲入了爭戰的狂潮
幾乎不得止息

記得　那是剛與鐵木眞作伴不久
三部的篾兒乞惕人　集合了眾多兵力

乘你們不備　前來侵襲

驚醒時曙光才初現　弟兄們倉促上馬

奔向不峏罕山上的幽谷深處

不料　乘車隨後的孛兒帖和老僕豁阿黑臣

卻因斷裂的車軸　在中途　陷入了敵手

連著幾日夜層層的馬隊逡巡

敵人把不峏罕山繞了三次

卻怎麼也無法穿越那些濃密的叢林

他們說　也罷　也罷

這是連吃飽了的蛇

也穿不過去的地方嘛

既然今日已將鐵木眞的新婦擄獲

我們就算報了世仇　回去吧

不必再費事去尋找他

那些愚蠢的篾兒乞惕人　當時

竟然就從山中退下　回到各自的家

他們不知大禍已臨頭　前路盡處
死亡的濃雲密霧早已布好了埋伏

於是　就來到了那場不兀剌川之戰

在三部的篾兒乞惕人眼中
鐵木眞身邊　只有幾匹馬幾個少年兄弟
根本沒有任何能力來還擊
卻沒料到　不久之後
竟然會有四萬人馬的隊伍彷彿從天而降
全來到不兀剌川地方　一夜之間
撞塌了他們的門框和氈帳
摧毀了宿營之地的種種堅固設防
把篾兒乞惕百姓殺得四處奔逃哭號
完全不能明白　只是
只是搶了一個女子而已
怎麼就會把這滅族之禍惹上門來

是的　一切都是爲了一個女子
勢孤力單的鐵木眞　卻即刻向外求援
先有父輩的至交王罕和他的兄弟
答允各出一萬兵力
再有童年的安答　札木合
親自領著兩萬兵馬　前來相助
這是鐵木眞一生裡的第一場戰役
一切都是爲了美好端麗的孛兒帖
自己的愛妻
作爲她倚靠終生的男子　怎麼能
怎麼能就此讓她被敵人所占據

在驚慌混亂的篾兒乞惕流民之中
博爾朮　你緊隨著鐵木眞縱馬馳走
聽到他在鞍上向四方高聲呼喚
「孛兒帖！孛兒帖！」其聲熱切
幸好那夜月光明亮　照得四野清朗
孛兒帖有老媽媽豁阿黑臣的陪伴坐在車中

她先是聽到了丈夫的聲音
再遠遠認出鐵木眞坐騎的韁轡
於是下車奔上前來叫著他的小名
鐵木眞狂喜下馬
將失而復得的孛兒帖迎入懷中

在這頃刻　一切淡出
剛才還是幾萬人廝殺的戰場
忽然間消隱了影像和聲息　月光下
彷彿只有這兩個年輕的戀人
這一對　在劫難之後緊緊相擁著的夫妻

手不離戰刀　環顧周遭
博爾朮　你依然保持著警戒的狀態
可是　爲什麼
會有熱淚從你眼中不斷滴落下來
剛才在近身激戰之時　胸膛與臂膀
是有了幾道撕裂的傷口

此刻的疼痛　怎麼卻是來自柔軟的心頭

博爾朮啊　博爾朮　可知
這也是你生命裡的第一堂課
關於失去所愛時的那種無告與酸辛
關於戰爭的血腥氣味　殺戮的恐怖與無情
原來　為了必勝為了復仇
真正的男兒可以幾日幾夜不眠地籌謀
懇求聯盟不怕低頭　不辭奔走
終於能衝入敵營之時　那勇猛狂烈拚死的搏鬥
這些變動中的種種應對　好像
都是你從來沒有見過的鐵木真

卻又在心中自問　或許　這才真正是
初遇之日　眼神在瞬間就震懾住你的
那同一個人

3.

不兀剌刺川之戰　讓少年英雄聲名鵲起
果然不愧是乞顏部的高貴血脈啊
鐵木眞的執著與勇氣
草原上眾口相傳如風拂過草浪那般迅疾
勇士們帶著長弓和箭筒　來了
百姓帶著他們的兒女和氈房　來了
牧羊人帶來了羊群　還有小牛犢
牧馬人帶來了勇健的馬匹　還有小馬駒
乞顏部的貴族也輾轉尋來　高車上
帶著重禮　心懷裡帶著更貴重的期許

追隨的人群和氏族一日比一日增多
英雄的氈帳旁　人們懷著敬意遠遠走過
然後再隔山隔水地環繞著他住下
年復一年　自成聚落
各自轉換著四季的營盤卻不曾散去

儼然已是一個日益興旺的團體
有種溫暖的想望在心中茁長

終於　所有的人聚集在合剌只魯格山
在山前的闊闊海子 ₇舉行了會議

這裡是鐵木真多年來的一處宿營地
在幼年失怙的困境裡　飢餓的小兄妹們
靠著母親在斡難河邊奔走
揀些野果挖些野菜來日夜糊口
這樣的孩子也逐漸長成　膂力過人
轉過身來要奉養母親　他們的
美麗堅強的訶額侖夫人
史書上說　孩子們學會用火烘彎了針
去釣細鱗的白魚　學會用繩纏結成網
去撈河中的大小魚群
直至來到闊闊海子之時　他們一家
依然困乏　身邊並無牛羊

只能以捕到的旱獺和野鼠爲食糧

歲月輾轉　這宿營地深藏了多少悲歡
然後　也是在這汪澄澈的湖水旁
青年鐵木眞迎娶了他的新娘
而世事變幻　有誰能料到
今日　眾人卻在此鄭重立誓
推舉鐵木眞
爲蒙古本部的可汗

這年是己酉　西元的一一八九
乞顏部領袖伊蘇克伊英雄之子
鐵木眞即了大位　他剛剛滿二十八歲

這一日晴空萬里　映照著
闊闊海子的湖水更顯光潔碧綠
微風穿過湖畔的青蔥林木　鳥雀爭鳴
眾人同聲立下了盟誓　再無二心

願策群力　為久已無主的蒙古
打下團結的基礎
願追隨我們的可汗　從此日開始
去求那九分的榮耀
去尋那世間唯一的圓滿

博爾朮　為了分享這難得的時刻
你和妻兒們原是在歡呼的人群中遊走
忽然聽見可汗在呼叫著你的名字
他招手要你和者勒蔑兩人快快上前
站在他的身邊　之後
以可汗之尊　頒布了第一道詔示
任命你們二人為眾人之長
統管一切的事務

可汗說
「你們兩個，
在我除了影子，

沒有別的伴當的時候，

來做影子，

使我心安！

你們要永遠記在我的心裡！

……」 8

博爾朮　你當下聽命而行不作推辭

忠誠二字的真義　理當如此

不過　你們之中無一人能夠預知

所求的榮耀　會有多巨大

所盼的圓滿　將是何等燦爛

而在這一切之前

你們即將走上的長路

卻絕對是　千般的辛苦啊　萬般的艱難

多年之後　當我們翻讀史書

暫且不計那些零星的戰役與衝突

從一一八九到一二〇六

從闊闊海子湖畔　再走到斡難河的源頭
從此日諸多蒙古氏族的效忠開始
到終於建立了統一的大蒙古國為止
史家已為我們一一列表　至少至少
這迢遙的開國之路
還要再歷經九次驚心動魄的戰爭
還要再有　無數勇士的流血和犧牲

跟隨著鐵木眞　走上這條長路
博爾朮你是一如既往地義無反顧
如今雖貴為眾人之長
每逢爭戰　卻依然身先士卒
以自身的忠誠和勇猛一路行來　已經
使你成為草原上　篝火旁
許多傳說裡的英雄人物
他們說

鐵打的英雄博爾朮　智勇兼備

卻總是不顧自身的安危
在與敵人鏖戰之際　突然竟繫馬於腰
雙手持刀　凝立不動
又或者是橫衝直撞　奔前逐後
只為要時刻堅守在可汗的左右
又說　有一戰　風雪迷陣
為了尋找鐵木真
你竟隻身潛入敵方陣營　幸得安返
想是騰格里神憐你這忠心赤膽

還有　那次在荅闌捏木兒格思之戰
與世仇塔塔兒人纏鬥不休
夜間宿營　止於中野
與大軍音訊一時斷絕
已經失去了氈帳又天雨雪
這萬古如一的鬱鬱長夜啊
銀河隱去　鵝毛般的雪花遮蔽了一切
可汗臥倒於地極為疲憊

爲了讓他能夠安睡　你和木華黎
二人遂手舉著擋風雪的氈裘　在雪地裡
雙腳不曾挪動地站立了一整宿

不是沒有二三弟兄想前來替換
只是就怕驚醒了好不容易才入眠的可汗
你用眼神斥退了他們
心中堅信　就憑你和木華黎兩個人
也一定能支持到破曉　到清晨
儘管在灰茫一片的曠野上
紛飛的雪花落地之後　越積越厚
早已超過你的腳踝　正逼近你的膝蓋
逐寸　逐分
而長夜漫漫　萬籟無聲……

博爾朮　這冰寒的一夜
是你和木華黎同心又沉默的堅持
卻溫暖了整部蒙古民族的歷史

若是那時你的老父親還在
聽人如此轉述　一定會笑開懷
果然不愧是我納忽·伯顏的好兒子啊
從不曾忘了父親的訓示

4.

再艱難的道路也有盡頭
時間終於走到了一二〇六

綏服了所有居住在氈帳裡的百姓
眾人在斡難河源舉行了庫里爾臺大會
立起了察罕蘇力德九斿白纛
以白色代表元始與幸福
以九　為數目的極高
再恭請可汗登上寶座　敬獻
成吉思可汗這極為尊貴的稱號
贊頌其智慧與聲威

如海洋般的深沉遼闊　廣無止境
一統大國　國名爲
「也赫・忙豁勒・兀魯思」
是的　這就是大蒙古國
這年是虎兒年　丙寅
我們的可汗正當四十五歲之齡
他的皇位永固
他的子民　永享吉祥與安寧

在寶座之上　可汗降下聖旨
首先感謝　所有參與建國的有功人士
將他們一一指名
策封爲九十五個千戶的那顏
又降聖旨說　對有勳勞的更要加給恩賜

於是　博爾朮　再一次
可汗差人命你和木華黎覲見
宣示你們兩人今後要居於眾人之上

九次犯罪不罰
可汗命你掌管右翼
做以阿爾泰山爲屏蔽的萬戶

這一日　正是
汗國初立　眼前正有千頭萬緒
坐在寶座之上　面對著你
可汗卻緩緩說起了那年少時光
好像身邊這辛苦得來的一切
都可以　暫時先擱在一旁
博爾朮啊　博爾朮
在這一刻
他只想與你一起　將往日悲歡細細丈量

從你十三歲那年
如何幫助他去尋回了那八匹馬開始
那八匹銀合色的騍馬啊
原來還一直深藏在可汗的記憶裡

其實　博爾朮
你自己又何曾有一日忘記
在那茫茫無邊的曠野之上
年少的胸懷曾經何等激昂歡暢
還有那座長滿了高大松柏的山丘
在偶爾出現的夢裡　仍有淡淡的芳香

可汗還說起
當三部篾兒乞惕人來偷襲的那次
年少的你們如何被圍困的事
幸好有不峏罕山的保佑
那時的憂急與悲憤
恍如　還在心頭
幾十年的時光　怎麼已匆匆流走

可汗說他原本還可多舉出你的英豪實證
或再一一宣揚你的勇武事蹟
但是　在今日

他最感激你和木華黎的幫助就是
「兩個人催促我做正當的事，

直到做了為止；

勸阻我做錯誤的事，

直到罷了為止。

這樣使我坐在這個大位裡。」₉

榮華加身　　汗國初創

此刻一人高坐在寶座之上

成吉思可汗卻對你

說出如此親切　如此真誠的話語

博爾朮啊　　博爾朮

世間何處能尋得這樣的親兄弟

你可知道　　博爾朮

世間也沒有這樣的好君王

他已經高坐於寶座之上　　卻還想

還想與你　重溫那年少的時光

登基之日　如你所見
可汗先對每一位身邊的伙伴當面褒揚
細數他們的功績
開國四傑　是你博爾朮　木華黎
博爾忽　和　赤老溫
開國四大將　是忽必來　者勒篾
速不臺　以及　神射手哲別
兩位先鋒將軍是主兒扯歹　和
忽亦勒答兒　由於後者已因戰傷而亡
可汗又降聖旨說
「因爲忽亦勒答兒『安答』在廝殺的時候，
犧牲自己的性命，
首先開口請纓的功勳，
直到他子子孫孫都要領遺族的賞賜。」₁₀

對其他陣亡將士的遺族
可汗也是同樣的待遇
更何況是身旁一路同行的伙伴

戰火無情　生命懸於一線

要有何等緊密與無畏的呼應在彼此之間

從漫天直射的箭矢陣中閃躲

與崩裂的火炮碎片擦肩而過

若是沒有平日的誠摯相待

如何能奮勇相助　同心協力

將勝利的關鍵牢牢把握

是的　終其一生　由於可汗的誠摯

在他的麾下　從無一個背叛的部屬

千軍萬馬之中　所有追隨的臣民

都能感知　可汗的真心愛護　每戰必身先士卒

博爾朮啊　博爾朮

世間也從無任何一位開國的君王

曾像他一樣懂得寬諒　懂得感恩

開國之後　你可作最好的見證

我們的成吉思可汗　沒有誅殺過一個功臣

5.

汗國初立　眼前有千頭萬緒
可汗先命失吉‧忽都忽爲最高斷事官
又降聖旨說
「把全國百姓分成份子的事，
和審斷詞訟的事，
都寫在青冊上，造成冊子，
一直到子子孫孫，
凡失吉‧忽都忽和我商議制定，
在白紙上寫成青字，
而造成冊子的規範，
永不得更改！
凡更改的人，必予處罰！」[11]

可汗再降聖旨說
「以前我僅有八十名宿衛，
七十名散班扈衛。

如今在長生天的氣力裡，

天地給增加威力，

將所有的百姓納入正軌，

置之於獨一的統御之下。

現在給我從各千戶之內，

揀選扈衛、散班入隊。

宿衛、箭筒士、散班要滿一萬名。」[12]

又說

「不要阻擋，願到我們這裡，

在我們跟前行走共同學習的人。」[13]

汗國初立　眼前有千頭萬緒

對內　所有的典章制度正逐步審慎確立

對外　則派忽必來和速不臺兩位大將

去將未滅的餘亂掃蕩

又命哲別　追襲乃蠻的末汗之子屈出律

三者之師皆全勝而還

唯獨四傑之一的博爾忽

一二一七年　受命征伐豁里禿馬惕部

夜間在林中偵察　竟橫遭敵方哨兵所殺

惡耗傳來　可汗既痛且怒

即刻整軍要去爲兄弟復仇

博爾朮　是你和木華黎百般勸阻

請他以大局爲重　如今必須先想到國家

可汗才終於改派朵兒伯‧多黑申前去

命他嚴整軍馬　務必將賊人格殺

朵兒伯‧多黑申不辱使命　勝利回師

可汗爲此而祭天

博爾朮　在眾人呼求騰格里神降臨之時

你也俯首悼念俊傑博爾忽　悲嘆這太早的離別

想他生前　多麼喜歡以鷹鶻出獵

不知　現今的他

是否正如一隻重返穹蒼的海東青那樣

雙翅平展　在天際翱翔

自在而又歡暢

博爾朮啊　博爾朮
此刻這居於塵世間的你　卻還在
還在　還在征戰的長路上

建國前一年　一二○五　首伐西夏
之後再屢次征討　可汗曾言
只有先消除此一後患
方能掃除吐蕃　再開拓滅金之道

金國　是我蒙古世仇　欺壓擄掠
在國人心中所積累的憾恨與屈辱
已是太多太久　爲此
建國之後　可汗親率大軍
已三次南征西夏　又三次伐金
殲敵無數　奪得城池更多
眼見勝利在望　卻不料

另有鬱雷起自西方

事緣西鄰的花剌子模　沙突厥王朝
有一顢頇的穆罕默德蘇丹舉止失措
他的部下貪財　誣殺了蒙古商隊
四百四十九人含冤葬身在異鄉荒漠
五百峰駱駝馱著的珍寶盡失
還有一封可汗致花剌子模的國書
也不知下落　黑夜裡
只有一人隻身奔逃回蒙古　向朝廷泣訴

按捺著怒氣　可汗細聽了大臣的分析
決定再派使者重訪花剌子模
申明　若此事與蘇丹無關
就請將肇事者交出　兩國貿易即可恢復
不想這穆罕默德蘇丹自毀其國
竟又斬殺來使
眼看末日將臨啊　將臨的末日

終將陷無辜的百姓於水火

而普天之下　有誰能真正體會
可汗心中的恨與悔
由於不想再多啓戰端　所以才幾番忍讓
派出去的使臣　都是多年的忠誠親信
想不到對方的回應竟如此荒謬無情
狂怒之中　可汗摒棄任何部下的跟從
獨自一人登上不峏罕山最幽深之處
博爾朮　你在山下靜靜守候　知道
他是去思索整個國族將要面對的前途

三天三夜之後　可汗下山　神情凝重
再命你去向各方傳訊
審慎召集了盛大的庫里爾臺大會
眾人聚集聆聽　面對著皇弟和皇子
大臣和將領　可汗說明了自己的復仇決心
他說：

「走上了不峏罕山之後

我把腰帶掛在頸上　我把帽子托在手裡

跪拜　祈禱　整整三天三夜

然後　眼前的道路逐漸明確

知道忍讓已是最後　和平已不可求

我向九十九尊騰格里神高聲稟告

蒼天明鑒　這個世界即將要地動山搖

蒙古全民並非挑起這場災劫的禍首

懇請務必賜我們力量　助我們復仇」

可汗的赤誠告白　讓全場靜默

無人心中不是波濤洶湧　豪情如烈火

在初步擬定了方向和戰略之後

眾人同心　眾志成城　昭告天下決定西征

正如多年之後那一支筆的記述

「萬丈怒火致使淚水奪眶而出，

唯有灑下鮮血方能將它撲滅……」₁₄

是的　博爾朮　你並不能預先知曉

多年之後　那一支筆屬於史家波斯的志費尼

他的祖輩歷任花剌子模的朝中大臣

待他出生之時卻已是國破家亡的劫後遺民

日後供職於伊兒汗國　出入大汗旭烈兀的宮廷

他的筆　不得不贊頌征服者的赫赫功績

卻也充滿了敗亡者的傷痛記憶

他在書中宛轉訴說那末日光景

他說　當時的花剌子模百姓

突然間遭逢大難　不知

原是歡樂安詳的命運　怎麼轉變成暴戾如此

遂把這布滿羅網的地方稱作「人世」

把災難的陷阱叫作「時光」

把傷痛的中心啊　含淚命名為「心臟」

而普天之下　誰人又能明白

我們的可汗　原是真心忍讓

努力避免再多啓戰端卻橫遭拒絕

一切起始於一二一八年的歲末

西征的號令既出　全國動員　徵召青壯入伍

範圍從阿爾泰山一直到渤海之濱為止

數以萬計的勇士紛紛前來加入這復仇之師

又與多國聯軍結盟　壯大聲勢

最後總兵力達到二十三萬人之眾

分為左　中　右三路

強大的騎兵為主力　還有另一支炮兵團

裝備的攻城輜重　史冊所載

僅只是拖雷皇子進攻你沙不儿一城之戰役

粗估就有弩炮三千　投石炮機五百　雲梯四千

投射火油機七百　炮石兩千五百擔

若加以各路大軍所用　應是數倍於此難以計數

將這些攻城利器一一分解後　仔細包裝

以　牛和駱駝載運　與炮兵同行

隨軍並有軍醫　技師與為數極多的工兵

每個戰士　都帶有三到四匹備馬同行

他們都是神射手　隨身有兩到三張弓弩
或至少有一張良弓　必備的刀斧
三個裝滿箭矢的樺木箭囊　鋼制的槍矛
鎧甲與盾牌齊備　還有戰鼓
是的　勇士身軀需要保護　精神也需要鼓舞
這是萬里長征的隊伍　不得有任何差錯失誤

博爾朮　你與諸位將領全心投入　完成使命
一二九一年的春天　終於可以集結成行

大軍出發之前
成吉思可汗先將南下繼續攻金的重任
交給了左翼萬戶木華黎
封他爲太師　國王　並賜金印
以少弟斡惕赤斤留守　管理大營
請孛兒帖可敦留守　管理宮廷
可汗身邊是忽蘭可敦同行照料
並指定三子窩闊臺　爲汗位傳人

諸事底定　大軍的前哨已有三萬兵丁先行
由大皇子拙赤與將軍哲別帶領
可汗的身旁則有三位皇子隨軍護持
然後　博爾朮
可汗命你這右翼萬戶　統籌一切
在西征的道路上擔當重任
做他跟前最審慎和最重要的那個人

博爾朮啊　博爾朮
你和可汗從年少時就已結爲安答
彼此心中如日月般相互映照光華
一二一九年的這個夏天　誓師出發之前
兩兄弟其實早都有了白髮　年近花甲
可是　眼前有什麼能攔得住你們呢
只要雄心還在　正如可汗所言
「攀登高山的山麓，
指向大海的渡口。
不要因路遠而躊躇，

只要去，就必到達。」₁₅

是的　博爾朮
西去的征途不明深淺　不知距離
可是　只要雄心還在
你的任務就是去解開這所有的謎題
且來派出智勇兼備的前哨部隊
先去踏察勘探　任你是千山萬壑
是泥淖還是戈壁惡地　我們都能了然于胸
有關季節或民情的細微變化
也在掌握之中　久經征戰的勇士們啊
儘管高舉起復仇的旗幟　策馬前行吧

一二一九年夏季　大軍主力
在也兒的石河畔舉行了盛大的祭旗典禮
阿剌魯國　畏兀兒國　契丹和哈剌契丹
各國的聯軍統帥也都齊聚參與
祭奠哈剌蘇力德　是謂黑纛　威猛的戰旗

這原是古遠信仰中就已存在的聖物
是氈帳之民深深敬畏的旌旗
和平的歲月裡　永遠供奉在蒼天之下
與諸騰格里神並列　傾聽先民的禱祝
「我獨自一人祈求和傾訴的心聲
有天地間無數神祇的耳朵正在傾聽
西方有福之地的我的諸位騰格里神啊
請保佑我明亮又廣闊的草原家國」[16]
彼時山川靜默　高原之上唯有和風輕輕掠過

而每當災劫一起　出征之日
舉行的哈剌蘇力德威猛大祭則是另一番景象
獻奶　獻酒　殺牲　最後以馬血祭旗
當血點飛濺　噴灑於蘇力德的纓穗之上
那以九九八十一匹棗騮公馬的鬃毛
所束成的神矛纓穗就會更顯蓬鬆　更加飛揚
彷彿有生命在陽光照耀下甦醒　閃閃發光
博爾朮啊　博爾朮

那是戰神的永恆之魂重新來臨

血的溫熱　血的腥膻　將祂從沉睡中喚醒

頓時烏雲密集　狂風驟起　這是蒼天的助力

要激起哈剌蘇力德的仇恨怒火　奮起殲敵

此時　出征的隊伍也向蘇力德看齊如神靈附體

請聽　鼓聲如雷　激起眾人心中萬丈豪情

請聽　勇士們正以長歌讚頌　山鳴谷應

「你年輕的面容煥發著火焰的光芒，

你威猛狂烈　具有無比巨大的力量，

我們向神聖的蘇力德膜拜祭奉，

請讓我們擊退黑暗邪惡　定國安邦！」[17]

也兒的石河河岸寬廣　眾人得以安營

遠遠望去　真是「車帳如雲　將士如雨」

有「輝天的兵甲　遍野的牛馬　連營萬里」[18]

典禮完成　隨即拔營出發

取道林木蒼鬱湧泉處處的阿爾泰山前行

沿途與各聯軍主力部隊陸續集結　如虎之添翼

最後　飲馬於賽里木湖波光瀲灩　請問
這世間何曾見過這樣的輝煌軍容　壯闊行旅
在湖畔　可汗登臺點將₁₉　昭示戰爭就在前方
於是　這支舉世所知從未曾有的復仇之師
殺戮極重　犧牲也極爲慘烈的
蒙古大軍第一次西征　於焉開始

6.

然則　在大軍欲「策馬殺敵」之前
尚須驅使多少工兵先去鋪平前方的漫漫征途
我們後人　在此只能舉出幾例以說明其艱苦
從最初的也兒的石河到錫爾河的五百公里
連綿的高峰嵯峨　峽谷深不可測
先要有工兵在阿爾泰山雪線之上鑿冰開道
博爾朮　這裡你是請太子窩闊臺督導
同時　在天山山脈險要之處
也有二皇子察合臺率領工兵

在陡削的山壁上鑿石修通棧道
在難以飛越的溝壑之間
竟又構築了整整四十八座牢固的木橋
非親見者不知其勞苦與艱難
博爾朮　唯你深諳
若是沒有這些先期的準備　如何能讓
浩蕩的大軍通過　直趨錫爾河的東岸

但是且慢　且慢　此間尚有千頭萬緒
除了工兵的勞苦之外
還有可汗的深謀遠慮　勇士們的涉險如夷
在人世間締造了難以置信的奇跡

首先　哲別將軍從哈剌契丹之處探知訊息
在帕米爾高原與天山山脈之間的谷地
有一條通往花剌子模王國的密徑　須偵測先行
遂銜可汗之令　在一二一八年的冬季
與大皇子拙赤帶領三萬騎兵　攀上

海拔七千公尺　人稱世界禁區的帕米爾高原
縱使士兵身穿厚重的兩層皮毛大衣
馬腿上裹著牛皮　隆冬酷寒　雪峰綿延不斷
跋涉在積雪過深又視線不清的人間絕境
無奈還是有不少人馬被冰雪所困　丟失了性命
待得終於在罕無人跡的高寒谷地開出一條道路
是創造了一項人所不能的奇跡　可是
整個隊伍在完成任務之後　已只剩疲憊軀殼
從雪線往下走到翠綠的富耶爾加拿盆地
已是一二一九年的夏季

大軍還沒來得及喘息　敵人已守候在前方
花剌子模的國王穆罕默德蘇丹率兵前來阻擋
他的精銳部隊強而有力　以逸待勞洋洋得意
想著是將這支精疲力竭的隊伍全數除去

但是啊　他們有所不知
我軍的將領豈是等閒人物　只要

大皇子拙赤與大將軍哲別一旦取得共識
立即傳令全軍　展開驚人的機動戰術
閃電般就扭轉了臨敵氣勢　再看那些
脫離了冰雪纏困的蒙古部隊　也是如此
原本疲累不堪　難以挪寸步　一旦激起鬥志
忽然間就身輕如燕　人馬都靈活
以百戶千戶為單位　以各色小小旗幟交互指揮
在山林與平原之間穿梭　忽隱忽現　神出鬼沒
只見如浪潮般的隊伍湧來　卻瞬間退走
又如滿天星斗墜下鋪滿大地　卻轟然散去
剛才還人聲馬嘶擁擠堵塞的爭戰現場
忽然就恍如空寂遼闊無一點人蹤的萬古荒漠
唯見剛才射出的箭雨無一失手
花剌子模的兵丁紛紛倒臥於地
這是何等詭異的戰陣啊
自古至今　見所未見聞所未聞
使得敵人亂了方寸　失去判斷
原本驕狂的花剌子模大軍　至此心膽俱寒

一次狂亂的交鋒　穆罕默德蘇丹幾乎成為俘虜
是王子札蘭丁拼死向前搶救　才得脫險
這場戰役持續到深夜　各自鳴金收兵
花刺子模隊伍自知傷亡慘重　難以安眠

第二日拂曉
原是草花漫生的青碧谷地　只見屍橫遍野
蒙古大軍早已遠去　在晨霧裡消失了蹤跡
穆罕默德蘇丹驚魂未定　也不再下令追擊
遂回返至新都薩馬爾罕　暫求　一時之苟安20
其實　戰爭中的奇蹟並不全是天賜
博爾朮　唯你深知
真正的關鍵繫於每一個戰士的鋼鐵意志
就譬如　你們那一次的任務
可汗與你　還有皇子拖雷　從也兒的石河出發
率領的大軍有十一萬人之眾　是西征主力
你們選擇的路途　是一次不可能的橫渡
橫渡茫無邊際的死亡沙漠　基吉爾庫姆

新疆賽里木湖畔，當年西征時，可汗的點將臺舊址。
——攝於二〇〇五年七月

為要先聲奪人　必須出奇制勝
要從那絕不可能出現的地方出現
就必須先通過如煉獄般的考驗
那炎人的酷暑　難耐的乾渴　更可憐的是
那一群又一群原該在夏季休整的駱駝
隨隊的駝夫用盡心力好生照料　一峰也不能少

博爾朮　你從心底對這些勇者有無限的贊嘆
每一個人都深守本分　對抗層層難關
是什麼讓大軍夜行如此篤定　不憂不懼
在星空之下潛行千里　卻安然一如平日的行旅
這就是蒙古的精神嗎　博爾朮
在最困苦的征途上也總是互相幫助
在最寂寥的曠野裡　也能感知生命本身的富足
你多麼自豪　能與這些勇士們為伍
接受已知的種種艱險　再傾全力去將災禍避免
真的　若是有一人示弱　若是有些許差錯
十一萬大軍　或許就都會葬身於無情大漠

所以　制敵在機先
總是無人能預知你們會從哪個方向出現
當西征大軍先後抵達了錫爾河流域
卻又分為四路進擊　依然是謎般的行蹤
種種的出其不意　還有那來去如飛的迅疾
總是天剛拂曉　突然就兵臨城下
像大海的浪潮一般鋪滿了密密麻麻的人馬盔甲
還有無數的攻城輜重　讓守城的軍民心中驚恐

蒙古大軍　無論是否為可汗親臨
一定先派一人為使　宣讀詔書向居民招降
順者皆能換取平安　部隊也盡量不與百姓為難
如　咱兒訥黑　訥兒城　等等城鎮
可是　如果在其間反覆不定　如　不花剌
或者堅持死守　不願投降　如　訛答剌
如　薩馬爾罕　黑納黑　忽氈
還有傷亡最慘重的玉龍杰赤　那真是災劫狂撲
的末日

大軍攻城之戰　可以數日　也可以持續數月
越是頑抗的城池　結局越是悲慘
成吉思可汗用了兩日時間勘察了薩馬爾罕
這牢固的都城城牆　深深的壕溝　所有的用心
只得到可汗的一句評語
「城的強大，只賴於防禦者的勇敢。」[21]

可汗早已得知穆罕默德蘇丹已潛逃在外
哲別　速不臺兩位大將　奉命去追蹤殲滅
第三日的日出時分　可汗率大軍來到城下
薩馬爾罕守軍當即出城應戰
這場激戰傷亡很重　雙方都有損失　鳴金收兵
到了傍晚　可汗下令攻城輜重全部啓動
射石機　火焰噴射機　火箭投射器　弩炮等等
在瞬間發動攻擊　頓時只見那
狂石如雨　巨響如雷　烈焰騰飛
無堅不摧的戰力　讓薩馬爾罕守軍的心與膽
比城牆上崩裂的石塊還要破碎

居民更是六神無主　只求降服
戰爭於是很快結束　城牆被削平　壕溝被填滿
內城裡最後的守軍約有千名　次日
與他們據守的清眞寺在火焰中同歸於盡
那是一二二〇年二月十九日　戰事結束
薩馬爾罕居民的生活恢復了些許秩序
當然　那幾日的慘痛記憶　是極深的傷痕
永世難以消除　一代又一代的輾轉訴說之後
進入史冊　成爲無數的對敵人的詛咒

玉龍杰赤的悲劇　卻是因爲守得太久
防御者的勇敢　讓這座古老的城池遭逢大難
多次爭戰　守軍雖然損失慘重
卻因城牆堅固　將領沉穩　最後竟閉門不出
圍城長達六個月　蒙古大軍進攻受阻
也讓大皇子拙赤與二皇子察合臺　起了衝突
致使號令不一紀律鬆弛　軍心已現渙散
可汗聞訊　速派太子窩闊臺前往

重整軍紀　化解心結　勸慰了兩位兄長

三人重新分析敵情　決定進攻的方向

對城內進行心理攻勢　政治瓦解

在城外則填平城壕　拆毀外壘的牆根

十天之內　盡力做好強攻前的準備

再遣使向敵方闡明利害　招諭勸降　以和為貴

敵方保持沉默不予回答　而我軍已一切就緒

雲梯已備　弩炮靜立　弓滿引　卻不動作

先以火焰發射器引燃城內屋瓦棟梁

再以石腦油壺　火油桶加擲於其上

使得烈火在瞬間燒遍全城　擴展為一片火海

待軍民出來救火之際　才以拋石器攻擊

一聲號令　箭石齊發　重的如冰雹　如隕石

輕而銳利的則如飛蝗　如一張密織的死亡之網

城內的軍民無處可躲　心膽俱裂

這時蒙古大軍才沿雲梯而上

將飄揚的旌旗插在城牆高處　再往城區進入

在每一條巷弄之間　展開白刃肉搏的近身之戰

玉龍杰赤的軍民確實無比英勇

與我軍纏鬥了七天七夜　終於敗下陣來

城池已成灰燼　我軍攻占的是鬼魅的廢墟

把全城的居民趕到野外之後

從其中先挑選了十萬名工匠和藝人再聽命分配

孩童和婦孺被夷為奴婢　驅掠而去

最後　餘下的男子被全數屠殺殆盡

那日傍晚時分　主帥窩闊臺下令

將阿姆河河水引入　淹沒了古玉龍杰赤全城

有些先前藏匿在深處的人　此時都成水下亡魂

是因我軍在此役傷亡太重太痛

多少勇武的子弟橫屍在野難以瞑目

窩闊臺皇子心如刀割

遂讓一切都葬身在滾滾洪流之下

一起葬送在此人間地獄的

還有那古老文明曾經傲人的千世繁華

多年之後　志費尼在書中寫下這幾句話
「……我聽說死者如此之多，以致我不敢相信傳
聞，因此沒有記下數目。」

西征之役　原可避免
全因花剌子模君臣無道　濫殺我使臣而啓
穆罕默德蘇丹在從前一向驕狂自大
因他起始在擴張領土吞併鄰國之時　所向無敵
但此次在險些被蒙古軍隊所俘之後
心神惶惑不安　總是向他的臣民說同一句話
「自謀活命去吧！蒙古軍隊是無法抵抗的。」₂₂

此言屬實　蒙古大軍果然是無堅不摧
花剌子模的軍隊只能節節敗退
顢頇的穆罕默德蘇丹此刻既驚且懼
卻又聽不進皇子札蘭丁的勸告
只顧自己奔逃　最後
輾轉藏身在裡海中的一座孤島　憂病而亡

死前悔恨交加　才取下自身的佩刀
繫在札蘭丁的腰間　改立他為太子
至此方知　唯有此兒才會以復國為志
是的　博爾朮
在你隨可汗西征的六年時光之中
置身於生死在一髮之間的戰場
也曾經遇見　不少臨危不亂　可敬可佩的敵人
卻從沒看過像這個札蘭丁　末世蘇丹
如此勇猛無懼到震懾住你的心魂

博爾朮　你記得最清楚的那一幕
於一二二一年十一月二十四日演出
父已死　國幾滅　復起又已兵敗
此日　札蘭丁的右翼左翼都已被殲滅
中軍也傷亡慘重　被蒙古大軍嚴密包圍
逼困在印度河河畔的高崖之上
只因成吉思可汗想要將他生擒
遂有令　不許放箭

全軍頓時靜止　停駐在河邊

初冬　有風　高崖之上風勢更是狂猛

仰望只見這花刺子模的末世蘇丹騎在馬上

靜止如銅像　只有凌亂的衣衫與長髮飄揚

他身後已無退路　充塞著

密密麻麻卻又寂靜無聲的詭異兵卒

眼前是深不可測的大河　波濤暗湧

這就是真正的末日了嗎

博爾朮　在這萬物靜默掩目的片刻

連你都因為同情而不禁心中微微顫痛

啊呀　卻不料

札闌丁忽然轉身向後　舉起刀劍與盾牌

單人匹馬　往敵軍陣營廝殺

蒙古守軍紛紛退讓　遂清出一片空地

足夠他旋彎　棄胸甲　面向印度河

策馬側身俯首疾奔　由懸崖上一躍而下

啊呀——

每一個旁觀者的驚呼聲中都充滿了讚嘆
幾乎是由衷地盼望　他的一躍得以圓滿
成吉思可汗急忙下令　不許任何人追趕
於是　英雄札蘭丁
帶著危險的高度　帶著風聲　帶著水聲
還帶著所有旁觀者的敬意與祝福
躍入水中　激起浪柱高聳

如此勇者　大河也不忍將他淹沒
最後　札蘭丁只以一把刀　一支旄旗
和一面盾牌出水　上岸　從容乘馬逃脫

望著遠處那孤單的背影和零散的追隨者
成吉思可汗感慨萬分
遂轉過頭來　對身邊的諸皇子說
「為父者應有這樣的兒子！
因逃脫水和火的雙漩渦

他將是

無數偉績和無窮風波的創造者。」₂₃

博爾朮　此時的你就站在可汗身邊

從他那深沉的感嘆裡　已經明白

這英雄與英雄的交手和遇見

僅此一瞬　卻是命定

札蘭丁在絕境中展現的大無畏

其實是得自可汗的成全

不是神話　不是傳說　是無比真實的逃脫

札蘭丁與他的坐騎那驚世又壯美的一躍

是英雄從心中向對方致意的謳歌

從此　在可汗與你的心裡

將會重複不斷地出現

襯著懸崖　襯著印度河上的藍天

還有那不肯止歇的狂風獵獵

已成永恆的畫面

一二二一年十一月二十四日的這一場激戰

起自拂曉　在正午之前結束

主帥敗走　花剌子模的軍力已走入末路

可汗派八剌和朵耳拜兩位將領

帶領軍隊去搜索和追擊札蘭丁

自己則親率大軍　沿印度河右岸北上哥疾寧

那是一二二二年的春天

先前　不論是新都薩馬爾罕　還是

舊巢玉龍杰赤　都已降服

花剌子模滅亡之日已經來臨

只剩札蘭丁還渺無蹤影

這時　皇子窩闊臺已征服了全部的阿富汗

察合臺征服了忽即斯坦和契兒曼

大蒙古國的版圖已向西擴至黑海

大局已定　西征復仇的行動已告完成

下一階段的計畫正在展開　目光朝向未來

是的　如此廣大的疆土

要如何保持永久的秩序與臣服

可汗遂在西域各地　廣設達爾花赤
這是給委派的鎮守長官的統一稱呼
他們可以是回鶻　甚至也可以是波斯人
以監督當地臣民並負責訊息流通的任務

但是　在遠方　還有些沒能測知的去處
那西之又西　北之更北
還有些什麼隱約的輪廓　隱密的埋伏
因之　可汗再派哲別　速不臺前往尋訪偵察
兩位大將軍率領三萬騎兵精銳前行
從裡海西岸出發　向北穿越高加索山脈
這條道路　在紀元前三百多年時已稱天險
中有斷崖深峽　黑岩絕壁　與大海緊鄰
還有冰河與巨岩阻路　崎嶇難行
勇猛我軍　鑿石開道　狹窄曲折之處
攻城的配備已成累贅　只得毀損再棄於荒郊
唯有憑著自身的勇氣與信念　繼續前行
歷經多次的爭戰廝殺　穿過凜冽的雨雪風沙

終於來到了碧藍的博思普魯斯海峽

夜裡那一輪皓月　映照峽灣裡的細碎波光
衝擊著離家已有幾年的鐵漢柔腸
他們全體卻靜默無語早早睡去　只為
明日拂曉就要去攻占速答黑城　之後還要
再去跟蹤追擊　本是同一祖源的欽察人

再之後　已是一二二三年的夏季
離開了博思普魯斯的戰場
大軍進入俄羅斯的土地　滅了欽察
也擊潰早已解體的羅斯公國殘存的勢力
不過　這場戰爭　贏來不易
原來　即使已是分崩離析　一旦彼此呼應
俄羅斯聯軍也征得十萬之眾
聚集在迦勒迦河岸　以逸待勞
而我軍經過了多年的跋涉和廝殺
再精銳的部隊已顯疲憊傷殘

人數早已不足三萬　幸好還有赤膽忠心
還有哲別　速不臺兩位將軍的指揮若定
兵力懸殊　遂以智取　一次次誘敵深入
讓俄羅斯的大公們看見蒙古人如此不堪一擊
於是輕敵　爭功　躁進　終致全軍覆沒
可憐十萬兵丁在愚蠢的將領驅使之下
有八萬多人的屍骸被棄於野外
六位小公國的國王和七十位貴族也全體陣亡
迦勒迦河河岸　一時成為比地獄還擁擠的墳場
這一場戰爭的殺戮雖然極為殘酷
卻並非盲目　迦勒迦河戰役因而被列入史冊
皆因那深思熟慮的心理戰術　成為舉世聞名
以寡敵眾再各個殲滅的典型成功戰例[24]

在這之後　哲別與速不臺再率領這百戰雄兵
沿頓河伏爾加河而下　先滅不里阿耳
再使撒克辛人降服　最後大敗康里部
軍威赫赫　攻無不克　如入無人之境

一二二四年　諸邦平定　可汗思歸
遂從印度班師回國　其間有數月
在也兒的石河駐夏
等待哲別與速不臺兩位將軍　東來會合
卻不料　英雄哲別於凱旋途中病重
最後歿於鹹海西康里境內
忠勇軍魂　只能隨他的鞍馬
他的阿拉格蘇力德　回返故土
而另一位開國元勳木華黎　也在前一年
南下伐金之時染病而逝　歿在征途

一二二五年春　剛返抵草原懷抱
在土剌河畔　行裝甫卸
可汗即率諸大臣與西征將領換乘健馬
前往不峏罕山祭天
感謝騰格里神的庇護
並爲　所有在征途中犧牲的戰士祈福

是的　博爾朮　六年的征戰

多少青春健壯的身軀埋骨在異鄉

無論是將軍　或是兵卒　如今都成國殤

只有魂魄默默歸來　四處徘徊

而在遠方　還留有他們未曾寄出的書信

信中字字都是思鄉的衷情

博爾朮　你可知道

七百年之後　也就是西元一九三〇年左右

一首寫在樺樹皮上的蒙文詩

在伏爾加河畔出土　字跡有些已經模糊

有些還很清楚　曾被仔細折疊置於懷中

「慈愛的媽媽，我要回家

現在是春天季節，綠草遍地；

我知道有許多人，正要回家

我慈愛的媽媽……」25

博爾朮啊　博爾朮

在祭天之時　你想必也曾為這些英雄

這些夭亡的弟兄們深深禱祝的吧
而那些　那些倖得生還的將士們呢
歷經千般錘鍊終於得以歸來的將士們呢
這凱旋二字　就是閃亮的勳章
就是先來享盡種種狂歡的滋味和獎賞
再來卸下盔甲　騎上駿馬
把憑著沉著勇猛所得來的一切榮耀光華
把出生入死而烙印在身軀上的大小傷疤
把征途中見所未見　聞所未聞的奇遇
都帶回去　帶回去　帶回到溫暖的家

這一年的夏季　風特別柔　草特別綠
山巒嫵媚平緩　往四方無限開展
天地何其廣闊又不設阻攔
可以任所有的生命　自由來去

這裡　才是氈帳之民渴望的久居之地啊
但願從此長相廝守　永不再有別離

7.

嗟乎　這靜謐安詳的時光何其短促
一個冬天之後
博爾朮　雖有你的極力勸阻
成吉思可汗依然開始數點人馬
準備又一次的　南征西夏

博爾朮　其實你也明白
沒有多少時間可以慢慢等待
西征之前　西夏態度傲慢拒絕出兵襄助
如今又聽聞已和金國重締盟約
好來聯合對抗蒙古　或守或攻勢態不明
兩國相加的軍力　也要重新估計
若不先發制人　恐怕對蒙古不利

一二二六年的秋初
可汗遂親率十萬大軍　征討西夏

分東西兩路出發　另有一支後援部隊
由二皇子察合臺指揮　隨大軍跟進

但是　在征途上遇見了噩兆
由於時序已進入深秋　初雪已降下
可汗的東路軍開始圍獵野馬群
卻不料　野馬奔竄　擦身而過
使可汗坐騎受驚　因而將可汗摔下馬來
當夜就紮營住下不再前行

第二天早上　隨行照料的也遂可敦
向在宮帳前敬候的諸位皇子以及大臣報告
可汗身體疼痛　還有發燒
請大家商議一下　究竟如何是好
有人提議可以暫時回師
等可汗痊癒　再來征伐也不遲
眾人也都同意　稟奏上去
我們的可汗卻不以為然　他說

敵人屢次出言不遜
此時撤退　必會被他們看輕

於是　可汗依然親率主力出東路
攻占黑水城　在賀蘭山前有一場激戰
大獲全勝　生擒了那個驕傲的將軍阿沙敢布
讓他用自己的雙眼看清
山前他的營盤裡　此刻　已無一生靈
戰爭繼續　勝利也在繼續
一二二七年一月　西夏軍主力已全滅
可汗親率大軍渡過黃河
攻陷了多座城池　戰績輝煌
可是　眼前有一場艱巨的生死拔河
卻是由不得可汗自己來作主了

博爾朮你知道那個嚴苛的時刻已近
那年是閏五月　苦於早來的暑熱
可汗到六盤山駐夏養傷　卻不見好轉

可是　這是最關鍵的時刻　為了拔除後患
他已經用了二十三年的時間　六次征戰
英雄必得要親自見証這最後的一幕
六月　西夏末主失都兒忽出降　處斬

一二二七年陰歷七月十二日
成吉思可汗崩於薩里川哈剌圖之行宮
計在位二十二年　壽六十六

8.

博爾朮　大悲無言
還能再說些什麼　什麼能說盡此刻
那些後悔的話　一無助益
那些思念的言語　多麼空虛
眼前　唯一能做的事
就是去審慎安排所有的細節
如何奉柩回歸蒙古　如何挑選護柩的士卒

為了安全　在這一段時間裡
如何不讓可汗的崩逝為他人所知
博爾朮啊　博爾朮
且來把全部的心神都集中在此

其實　可汗早在生前就與你有了約定
是在哪一個時段呢　當然是比較早的從前
那時候　你們兩兄弟還正當盛年

有一次　秋高氣爽
策馬緩行在鄂爾渾河流域中部
那一片無邊無際的金色草原之上
兩人談起匈奴　談起回鶻
還有那幾個曾經在此建都的　汗國興亡
可汗忽然停住了馬　往遠方久久眺望
然後微笑著回過頭來說　讓我們來相約吧

約定　在將來　當然是在將來

兩兄弟之中　必然會有一人先行離開
留下來的那個　就要負責祭祀
還要讓世代子孫
都能記住　這一位先走的安答的名字

雖然　有些驚詫於這個約定未免太早
「死亡」這件事　好像還沒有任何徵兆
不過在那天　一如往常
你還是很爽快地作了回應
只為　鐵木真安答一向比自己深思熟慮
他的許多想法後面　總是有著依據
博爾朮啊　博爾朮
果然　今朝　這別離突然來到眼前
你才知道那個秋天其實離此刻並不算遙遠
還有　還有關於安葬的地點
是在正當意氣風發的盛年　結伴出遊之時
我們的可汗竟然也早已作了揀選
他親自指定的身後長眠之地

是在一棵獨立的母親樹下　在三河之源

斡難　怯綠連　土剌　這三條大河 ₂₆
發源於不峏罕‧合勒敦諸山之中
早些年　應該是早在西征之前的歲月裡
可汗與你　有時候帶著皇子們
有時還有者勒篾和木華黎幾個兄弟
六月間　新葉初發之時
常循山中幽徑試馬　隨意行走
只爲享受林木間草葉的清涼和芳香

但是　你們從來沒有見過那樣的一棵巨木
獨自生長在群山之中
周圍沒有一棵其他的樹　只有芳草遍野
那是一處開闊廣大的平原　連灌木也不多見
高高的蒼穹之下　只有她
只有她傲然挺立　根深葉茂　樹冠華美
你們不自覺地被她吸引住了

要多少年的時光才能長得如此巨大
更要有多麼強的生命力才能活得如此健壯
越走越近　心中充滿了孺慕之情
是的　這就是氈帳之民所崇敬的母親樹
靜默偉岸的樹幹　清新繁茂的枝葉
在在都是為向世人顯示　生命不憂不懼
這宇宙間的一切本是生生不息

那天　可汗最為欣喜　流連不去
當你們都已起身往周圍探看的時候
他還是一個人坐在樹下沉思默想
陽光透過翠綠的碎葉把光點灑在他身上
我們的可汗　我們的可汗啊
博爾朮你從沒見過他這般的神采
如幼童之棲息於母懷　極為寧靜安詳
但當他向你望過來的時候
那內裡的熱情卻使他目中有火　臉上有光
你心中一動　這不是多年前的那個少年嗎

可是　　耳旁卻聽見　　可汗說
「我們的最後歸宿應當在這裡！」　27

博爾朮　　想必是承受了內在生命力的撼動
使得英雄在最爲光華燦爛的年齡
卻預見了死亡的來臨　　但是他不憂不懼
接受了母親樹的教誨
依然不放棄對這個世界的信仰和期許
於是　　你謹遵可汗生前的託付護柩前行
待大軍回返蒙古　　方才通告全國
諸宗王　　公主　　統將等從汗國各地
千里萬里奔喪而來　　有的旅程長達三月
只爲向可汗獻上他們最誠摯的悼念

盛大的喪禮舉行完畢
博爾朮你與諸皇子和大臣重返三河之源
進入不峏罕・合勒敦群山深處
尋到了那一片廣闊的草原

將可汗葬在那棵巨大的母親樹下
讓英雄的軀體　重歸母懷
而他的魂靈　將永遠永遠與山河與子民同在

是的　博爾朮
不僅僅是你的後代　都記住了可汗的名字
你可知道　在這世間
從來沒有一位君王能像他一樣
八百年來　全蒙古的子孫無一日或忘
我們敬他如父　如君　如神祇
一直到今天　我們的成吉思可汗啊
還溫暖地活在每一個子民的心上

9.

阿爾泰山果然是處不可多得的好地方
無邊遼闊　無限豐腴
應是可汗疼惜你這個兄弟

當年　一開始就把它賜給了你
作為你和子孫們　可以永世享有的封地

而如今　又匆匆過了多少年的光陰
成吉思可汗早已仙逝
博爾朮你也鬚髮俱白歸隱於此
除非窩闊臺可汗遣使者來相詢
你已不再過問世事
所幸老身尚健　偶爾
和乖巧的小小曾孫孟克同行
在草原上並肩馳騁一番　也頗能益壽延年

這幾天　秋高氣爽
你們老小兩人相約出訪去看看山川模樣
小孟克說　額倫徹爺爺[28]
今天可以走遠一點　在山谷的另一邊
他見過一群野馬常來徜徉

果然　轉過一叢疏林遠遠就看見了它們
攜兒帶女的馬群正聚集河邊準備涉水而過
細碎的波光在河面閃爍
其中　有兩匹銀合色的小馬駒忽然躍起
就在淺水的岸邊互相追逐嬉戲
它們長大了以後一定會是勇健的好馬吧
此刻　光只是看那活潑的姿態
就讓人不自覺地滿心歡喜

「額倫徹爺爺，額倫徹爺爺！」
忽然聽見小孟克在身旁呼喚
側過頭去　就看見這孩子紅紅的臉龐
原來　他想問你一個問題
據說已經爲此納悶了好一段時光
他不明白　爲什麼每次見到銀合色的馬匹
你臉上就會充滿了笑意
並且　一定跟隨著牠們望去久久凝神不語

是這種馬的毛色特別稀奇嗎？
小孟克說　其實他自己並不覺得
這種淺淡發亮的黃色29
會有多麼美麗
博爾朮　你回神望向這個孩子
他的聲音　還帶著童稚的幼嫩嬌氣
他的臉龐　還是小男孩的模樣
可是　幾天不見
那騎在馬上的身軀怎麼卻已暗暗抽長
他有幾歲了呢　十一　還是十二
聽說　已經會跟著家人
出外參加行獵的活動了

原來　就在自己身邊
這生命是擋不住地往上長啊

秋陽下　小孟克的眼眸特別明亮
你心中忽然一動念　於是驅馬向前

博爾朮　你對他說

讓我們往家的方向慢慢騎回去吧

好孩子　你的問題很有意思

額倫徹爺爺答應你　在回家的路上

一定會給你一個合理的解釋

草原上有風拂過　帶著些微的寒意

是的　博爾朮　這一切

一切的一切啊

都要從那個微寒的清晨慢慢講起

——二〇一五‧一一‧二一　初稿成

二〇一八‧一‧二四　修訂

二〇二〇‧二‧一〇　再次修訂

1　博爾朮的生卒年代有許多不同記載，我在此依據的是博爾朮
　　第三十四世子孫策·哈斯畢力格圖先生的說法。他說博爾朮
　　比鐵木真小一歲，一一六三年出生。但是卒年比較不可考，
　　有人說比可汗早離世，有人說比可汗晚，並享高壽。策·哈
　　斯畢力格圖先生贊同後者之說。
　　二〇〇九年八月，現居內蒙古呼和浩特，享有「內蒙古民
　　間藝術大師」稱號的策·哈斯畢力格圖先生回鄉祭祖。
　　同行有他的長子那日素（三十五代）、侄孫撒切爾圖
　　（三十六代）、重侄孫薩那汗（三十七代），一家四代回
　　到了蒙古國肯特省巴圖諾日布蘇木。當地的族人帶他們去
　　到了八百多年之前兩個少年初遇的草原，一望無際的草原
　　有個名字，叫「古呼鄂日塔拉」，漢文意譯為「鼻煙壺草
　　原」。二〇一四年五月，我有幸與哈斯畢力格圖和那日素
　　兩位先生在日本富士山麓相聚。在我們的閒談中，那日素
　　先生忽然悟出，他對我說：「我們在二〇〇九年的那個夏
　　天曾從高處遠眺，草原的形狀下大上小，是像個鼻煙壺。
　　可是，更像是皮奶桶啊！」

2　騍馬就是母馬。

3　在我這首詩的第一篇章中，所有的對話內容，都依照《蒙古
　　秘史新譯並注譯》（札奇斯欽譯注，聯經版）一書中的漢譯
　　原文重現。除了鐵木真在星光下與博爾朮相約的那幾句話是
　　我自己揣想的以外，其他都是載於史冊中的文字。如果讀者
　　願意去翻讀這本史書，會發現在記述這一次相遇的六個章節
　　之中，連幾匹馬的毛色與體能都有形容。而在同書中，有些

極爲重大的事件，執筆者卻用兩三行甚至只有兩三句就帶過去了。

4　「伯顏」，札奇斯欽教授直譯爲「財主」。

5　鐵木眞父親的名諱，一直以來，我所知的就是這三個音譯的漢字「也速該」。學者黎東方還在他的《細說元朝》書中開過這個名字的玩笑。直到我看見故宮博物院院藏的「元代帝后像」中，成吉思可汗畫像旁記寫的帝王名諱和在位時間等的文字，才知道在清朝（或也可上溯到元朝）的官方版本裡，是這樣寫的：「元太祖皇帝即青吉思汗諱特穆津在位二十二年父曰伊蘇克伊是爲烈祖皇帝……」「伊蘇克伊」的字音，與原來蒙文名字的發音更爲貼切，又不會有「也速該」三字所隱藏的惡意，所以我從此都改用「伊蘇克伊」了。

6　「安答」即爲「結拜兄弟」之意。

7　「闊闊」爲「藍色」或「青色」之音，「海子」即爲湖的古稱。所以有的書中把蒙音轉爲漢字「呼和諾爾」，也有的直譯爲「青湖」。此處引用札奇斯欽教授的譯名。

8—13　此六段文字皆出自《蒙古秘史新譯並注譯》聯經版。而注11中的「青冊」，就是世界知名的《成吉思汗法典》，亦即《大札撒》，或西亞史家所指的《大雅撒》。

14　語出《世界征服者史》，〔伊朗〕志費尼著，內蒙古大學出版社。

15　摘自可汗嘉言錄。

16　摘自《薩滿神歌》中的〈蘇力德·騰格里祭祀歌〉。尼瑪、席慕蓉編譯，民族出版社出版。

17 摘自《蒙古族祭祀》，賽音吉日嘎拉編著，内蒙古大學出版社。

18 據小林高四郎著，阿奇爾譯《成吉思汗》一書所言，此爲耶律楚材當時所作的詩。原句爲：「車帳如雲，將士如雨，牛馬被野，兵甲輝天，遠望煙火，連營萬里。」

19 賽里木湖畔之點將臺舊址，承新疆衛拉特蒙古兄長巴岱主席之助，我於二〇〇五年七月曾經親見。山川無恙，湖旁的高山峽谷綿延往西，蒙古工兵的築橋工事應該是從此地開始。舊址上立有新碑，是新疆博爾塔拉蒙古自治州於一九九八年七月十三日所立。

20 戰役細節引自《蒙古族古代戰爭史》，此書由羅旺札布、阿木爾門德、趙智奎、博彥、德山、胡泊六位先生編著，巴音圖先生寫緒論。由於我購買時此書已破損，所以不知出版社的名稱。

21 此句引自《蒙古族古代戰爭史》。

22 出自《史集》〔波斯〕拉施特主編，北京商務印書館發行。

23 原句出自《史集》第一卷第二分冊。

24 此段評語引自《蒙古族古代戰爭史》。

25 摘自《蒙古文學史話》，孟・伊德木札布著，中華文化叢書，中央供應社發行。

26 三河河名今譯爲鄂嫩、克魯倫、土拉。

27 語出《史集》。

28 即「曾祖父」之意。

29 尼瑪先生認爲「銀合色」蒙文原字漢音爲「夏日格」，是黃色偏白，發亮。有點像成熟的麥田那種顏色，有書譯爲「慘

白」，並不準確。「銀合色」也有些勉強。但我在此遵循札奇斯欽教授的譯文。

詩中關於戰爭的記錄，除其他古籍外，得內蒙古大學出版社近年出版的一套《蒙古族全史》中的《軍事卷》上卷幫助甚多。此《軍事卷》共分上、中、下三部，前二部由胡泊先生主編，義都合西格教授所贈，謹致謝意。

一首詩，不容我盡言。在此，要補充說明的是，在當日，鐵木眞和博爾朮所處的時代，蒙古高原上有近百個大大小小疏離又鬆散的遊牧族群，總是不斷地有衝突和爭戰。如《蒙古秘史》所言：「星光照耀的天空，旋轉不停，草海覆蓋的大地，翻騰不已。互相厮殺，不及躲避，互相攻打，不得安息。」是鐵木眞，一個備受欺凌的孤兒，卻擁有極爲強大的能量，以一己之心，集合眾人之力，以戰止戰，統一了所有的遊牧族群，在北亞的這一片高原之上，創建了一個嶄新的團結的蒙古民族。這個民族同時也擁有了一個

嶄新的國家，就是大蒙古國。而成吉思可汗之後的功業，更是影響了整個世界。一直到今天，不同立場的學者發表的功過之論，還在繼續延伸之中。

最後，關於可汗的陵寢，還有一段近乎神話的記載，見於波斯的拉施特的《史集》：「……所以在他逝世後，在那裡，在那棵樹下，營建了他的宏大葬地。據說，就在那年，這片平原由於大量生長的樹木而變成了一座大森林，以致完全不可能辨認出那頭一棵樹，任何人也不知道它究竟是哪一棵了。」

〈附錄〉

大霧 ——獻給父親

不能穿越的
是我心中的迷霧

雖然　這屋內屋外明亮晴朗
一如往常

這溫暖的空間　還充滿了
您剛剛點燃過的菸草的香味
幾支特別鍾愛的菸斗還羅列在案頭
燈下　最後合上的書頁間還夾著
那張用了多年的灰綠色的書籤
留在椅背上的羊毛衣裡
還有您留下的體溫

這身邊和眼前的一切　好像
都還不準備去做些什麼改變
讓我以爲　這裡還是
我熟悉和親愛的往昔

往昔　在當時也沒有特別珍惜
直到此刻　弟弟和我
將您的骨灰盒放在臨窗的書桌上
才忽然驚覺　大霧瀰漫
驚覺於一切的永不復返

（這裡就是終點了嗎　可是還有
多少未了的願望都被棄置在長路上
更別提那最初最早的草原　繁星滿天
那少年在黑夜的夢裡騎著駿馬
曾經一再重回　一再呼喚過的家園）

書桌臨窗　陪伴了您後半生的時光

在異國的土地上您研究和講授原鄉

窗外　是您常常眺望的風景

近處那幾株高大的栗子樹　葉已落盡

樹梢幾乎要伸進露臺

遠方平林漠漠　在我們身後

十二月的萊茵河　想必

正帶著滿溢的波光穿林而過

不能穿越的

是這隔絕著生死的大霧

是站在霧中的我這既無知無識

又張皇失措的痛楚

美麗的靈魂會不會在曠野上迷途

父親啊　我很想知道

在您的骨灰裡

留下的是哪些難捨的光影和記憶

（是那在戰火裡奔逃

終於回到原鄉，初次登上父親家族的敖包山。
——攝於一九八九年九月二日

卻依然能愛過繾綣過的華年？

是懷中幼兒天真的笑靨　縱然

他們都生在漢地不識母語不知根源？

是那和同胞一起掙扎過冀求過

卻依舊成空的自治和自主？

是哭過痛過　終於只能

為她撕裂了一生的高原故土？

是那逐漸變得沉默和黯淡的理想？

還是那學會了遺忘　學會了

在一切的邊緣寄居

好能安靜度日的最後的時光？）

父親　明天清晨我們就會動身

沿著河岸南下　再飛回那島嶼上的家

母親早已經安息在向北的山坡上

在植滿了紅山茶和含笑的墓園裡

我們也準備好了給您歇息的地方

黑色的大理石墓碑上刻著金色的字

不過僅只能刻上您生於清宣統三年
逝於民國八十七年的初冬
卻絕不可能清楚記述
您和母親這一生是如何的漂泊流離
如何的　夢想成空

不能穿越的
是我心中的迷霧　是這漫漫長路
窗外　斜陽裡群鳥歸巢
父親啊　我真的很想知道

到了最後　即使只能成灰成塵
我們是不是也必須像您一樣
慎重而又堅持地
在邊緣上　度過一生

　　　　　——一九九九年三月十日於父親逝世百日寫成

國家圖書館出版品預行編目資料

英雄時代／席慕蓉著 -- 初版 -- 臺北市：圓神，
2020.12，288 面；12.8×18.6 公分 --（圓神文叢；
285）

　　ISBN 978-986-133-734-0（精裝）

863.51　　　　　　　　　　　　　109015254

www.booklife.com.tw　　　　　reader@mail.eurasian.com.tw

圓神文叢 285

英雄時代

作　　　者／席慕蓉
發 行 人／簡志忠
出 版 者／圓神出版社有限公司
地　　　址／臺北市南京東路四段50號6樓之1
電　　　話／（02）2579-6600・2579-8800・2570-3939
傳　　　真／（02）2579-0338・2577-3220・2570-3636
總 編 輯／陳秋月
主　　　編／賴真真
責任編輯／吳靜怡
校　　　對／吳靜怡
美術編輯／劉鳳剛
行銷企畫／詹怡慧・陳禹伶
印務統籌／劉鳳剛・高榮祥
監　　　印／高榮祥
排　　　版／莊寶鈴
經 銷 商／叩應股份有限公司
郵撥帳號／ 18707239
法律顧問／圓神出版事業機構法律顧問　蕭雄淋律師
印　　　刷／祥峯印刷廠
2020 年 12 月　初版

定價 400 元　　　　ISBN 978-986-133-734-0